KB114870

황순원 – 순수와 절제의 미학

서연비람은 조선 시대 왕궁 내, 강론의 자리였던 서연(書筵)에서 강관(講官)이 왕세자에게 가르치던 경전의 요지를 수집하여 기록한 책(비람備覽)을 말합니다. 서연비람 출판사는 민주주의 국가의 주인인 시민들 역시 지속 가능한 과거와 현재, 미래의 이치를 깨우치고 체현해야 한다는 믿음으로 엄선한 도서를 발간합니다.

역사와 문학 비람북스 인물 시리즈

황순원—순수와 절제의 미학

초판 1쇄 2024년 06월 28일
지은이 김종회
편집주간 김종성
편집장 이상기
펴낸이 윤진성
펴낸곳 서연비람
등록 2016년 6월 29일 제 2016-000147호
주소 서울시 강남구 언주로30길 57, 제E동 제10층 제1011호
전자주소 birambooks@daum.net

ⓒ 김종회 2024, Printed in Korea.

ISBN 979-11-89171-76-6 44810
ISBN 979-11-89171-26-1 (세트)

값 10,800원

역사와 문학

비람북스 인물시리즈

순수와 절제의 미학

황순원

김종회 **지음**

서연비람

차례

머리말

청아한 스승, 순수와 완결
- 황순원을 연구하는 첫 문학적 평전

일찍이 황순원 선생을 회고하는 글을 쓰면서 드라마 작가 신봉승 선생은, '청아한 스승'이란 제목을 붙였다. 10대 후반의 어린 나이에서 팔십 노년에 이르도록 창작을 계속하면서, 작가와 작품이 그토록 함께 평가받고 존중받는 사례가 잘 없었기 때문이다. 선생은 일생을 두고 외유내강(外柔內剛)하며 올곧은 품성을 견지했고, 이를 통해 작가 정신의 사표로 불렸다. 그런가 하면 작품세계에 있어 순수와 절제의 미학을 보여주는 시 104편, 단편소설 104편, 중편소설 1편, 장편소설 7편의 문학적 성과를 남겼다. 선생의 활동 시기가 일제강점기와 해방 · 전쟁 · 분단을 거치면서 한국 현대사의 격랑이 몰아치던 상황에 있었으므로, 그 문학은 곧 동시대 역사의 기록이기도 했다.

이 책은 황순원 선생의 생애와 작품을 순차적으로 살펴보고 그 의미를 밝히는 데 목표를 둔다. 글의 진행은 일제 하의 곤고(困苦)했던 시절과 해방 후 인공 치하의 각박했던 시절, 그리고 사연도 많고 굴곡도 많았던 시대사를 힘겹게 헤쳐온 삶의 경과를 먼저 상정할 것이다. 이어서 그에 맞선 한 인간이요 작가로서의 응전을 주로 작품의 실제를 통해 대비해 보려 한다. 그러자니 자연히 '작품으로 읽는 황순원 평전'이 될 수밖에 없다. 지금까지 너무도 많은 황순원 연구와 비평이 나와 있지만, 한 번도 이와 같은 방식의 작가론이 제시된 적은 없었다. 그런 점에서 이 책이 갖는 의의와 가치가 있을 것으로 여겨진다.

이 책은 모두 3개의 장으로 구성되어 있다. 첫 번째 장 〈문학적 성찰〉에서는 인격적이고 인간적인 황순원 선생의 면모를 살펴보게 될 것이다. 생전의 선생께서 자주 강조해서 말씀하시던 '어록'으로 시작하여, 왜 지금 여기에서 황순원 문학이 소중한가를 검증한 다음, 선생을 그리워하는 제자 및 후학들의 심정적 동향을 보여주려 한다. 두 번째 장 〈생애와 작품〉에서는 삶과 글을 동시에 조명하는 문학적 연대기를 중점적인 서술로 한다. 연이어 선생의 주요 작품과 실제적 삶의 상관성을 확인해 나갈 것이다. 특히 선생의 작품에 나타난 기독교 사상, '스마트소설'의 원조 격에 해당하는 단편소설「탈」등을 함께 조명해 보려 한다.

　세 번째 장 〈연보와 자료〉에서는 우선 황순원 문학의 연구 경향을 검토해 보고, 상세한 작가 및 작품 연보를 덧붙이게 될 것이다. 황순원 연구가 이미 오랜 기간을 거치면서 충분히 축적되었기에, 이제는 그 흐름을 하나의 경향으로 파악할 수 있는 지경(地境)에 이르렀다고 할 수 있겠다. 그러나 이 지점의 실적을 바탕으로 새로운 관점과 방법론을 동원하는 것이 앞으로의 과제라고 본다. 작가 및 작품 연보는 작가의 생애와 문학을 한데 묶어서 바라보는, 유의미한 정리가 되도록 할 예정이다. 이 모든 경과와 결과를 한 권의 소담스러운 단행본으로 묶어준 도서출판 서연비람 임직원 여러분께, 마음으로부터 감사의 말씀을 드린다.

2024년 여름
지은이 김종회

Ⅰ. 문학적 성찰

1. 왜 지금 황순원 문학인가

- 앞만 보는 그대와 자기성찰의 거울

일찍이 불후의 명작 『실락원』을 쓴 존 밀턴(1608-1674)은 "험난한 시대를 깨어있는 정신으로 살았다"는 언표를 남겼다. 어느 시대인들 험난하지 않을까마는, 오늘날과 같이 나라의 명운을 건 사건들이 임립[1]한 시기에 있어 밀턴의 소회는 시사하는 바가 크다. 역사상 전례를 보기 드문 보수·진보 진영 간 갈등과 정치적 대립이 계속되고 있다. 이 불꽃 튀는 접전의 선두에 선 사람들과 그 조력자들은 미상불 눈앞의 목표가 화급하여 마땅히 지켜야 할 대의(大義)를 망각하기 쉽다. 타산지석이 될 교훈이 필요한 이유다.

---

1 임립(林立): 숲의 나무처럼 죽 늘어섬.

한국문학에 순수와 절제의 극 이뤄

　여기에 유용한 자기성찰의 거울이자 자기측정의 저울로, 작가 황순원(1915-2000)과 그의 작품들을 떠올려 본다. 20세기 격동기의 한국문학에 순수와 절제의 극(極)을 이룬 이 작가는 일제 강점이 시작된 암흑기 초입, 평남 대동군에서 출생했다. 열여섯의 청춘에 시를 쓰기 시작해서 80대의 노령에 이르도록 시 104편, 단편 104편, 중편 1편, 장편 7편의 문학적 유산을 남겼다. 그의 작품들은 시종일관 인간이 겪어야 하는 내면적 고통을 응시하며, 이의 극복과 치유의 방향성을 탐색하는 인본주의적 태도에 바탕을 둔다.

　황순원의 문학은 시에서 출발하여 단편소설로 그 세계를 확대하고 다시 장편소설로 영역을 확장한 뒤 말기에서는 함축적인 단편과 시의 자리로 돌아오는 완결성의 미학을 보인다. 이 보기 드문 과정은 서구문학의 괴테가 그러했듯이 일생을 두고 지속적 시간과 함께 창작한 작가에게서 목도할 수 있는 현상이다. 사소한 일에 일희일비하며 먼 길을 내다보는 눈이 허약한 우리 시대의 지도층 인사들이 반드시 학습해야 할 덕목에 해당한다. 문학평론가 천이두는 황순원의 이와 같은 면모에 '노년의 문학'이란 이름을 붙이고, "단순히 노년기의 작가가 생산한 문학이 아니라 노년에 이르도록 작품 활동을 한 작가에게서 볼 수 있는 원숙한 분위기의 문학"이라고 설명했다.

황순원은 일제 말기에 읽히지도 출간되지도 않는 작품들을 은밀하게 쓰면서 모국어를 지켰다. 이 소설들은 광복 후 『기러기』라는 표제를 달아 상재되었다. 모두가 동시대의 압제적 권력에 밀려 숨죽이거나 훼절을 일삼을 때, 한 작가의 외로운 창작실은 그 혼자만의 불을 밝히고 있었으니 이 것이 나라 사랑의 실천이 아닐 수 없다. 기실 황순원의 부친 황찬영은, 3.1운동 때 평양에서 교사로 있었으며 평양 시내 태극기 배포 책임자로 투옥되었고 나중에 독립유공자로 추서되었다. 우리가 오늘의 대선주자들에게 정파적 정권 욕망을 버리고 민족적 국가적 차원에서 생각하라고 요구할 수 있는 것은, 바로 이러한 작가의 염결2한 정신주의가 우리 곁에 살아 있는 까닭에서다.

---

2 염결(廉潔): 마음이 깨끗하고 인품이 조촐하여 탐욕이 없음.

험난한 시대에 깨어있는 정신의 힘

황순원이 살았던 격동의 시기는 그 작품세계와 더불어 세 개의 고비로 분할 해 볼 수 있다. 먼저 일제강점기다. 문필에 뜻을 둔 청년의 꿈은 컸으나 그것을 펼칠 수 있는 공간은 협소했다. 열다섯 살이 되던 1929년, 정주의 오산중학에 입학한 황순원은 건강 때문에 평양의 숭실중학으로 옮기기까지 한 학기를 거기서 보냈다. 이때 만난 교장 선생이 남강 이승훈 선생이다. 아직 연소한 시절의 작가에게, '남자라는 것은 저렇게 늙을수록 아름다워질 수 있는 것이로구나'라는 느낌을 얻게 한 분이다.

황순원의 단편 「아버지」에서 화자는 독립운동을 하다 감옥에 갇힌 부친에게서 다시 '늙을수록 아름다운 남자'를 발견한다. 황순원 자신도 결국 이 부류의 남자였다. 이러한 내면적 각성의 힘, 인간의 삶에 있어서 꼭 지켜야 할 것과 버려야 할 것을 구분하는 도덕적 근본주의의 힘은 『늪』이나 『기러기』 같은 초기소설의 주정적(主情的) 세계에도 그대로 적용된다. 그에게는 이 두 권의 소설집보다 앞서 『방가』와 『골동품』이라는 두 권의 시집이 있다. 시대적인 삶, 그리고 개인적인 삶의 양자에 걸쳐 황순원의 초기 작품에는 '부끄러움'을 알고 고뇌하는 인물들이 넘친다. 후안무치한 행동과 식언3의 번복을 마치 대범하고 힘 있는 지도력의 면모인 양 착각하는 이들에게는 참으로 값있는 '거울'들이다.

두 번째는 민족상잔의 6·25 동란이다. 전쟁이 나자 황 씨 지주 집안은 그동안의 핍박을 뒤로 하고 솔가하여 월남한다. 황순원은 그 포화의 여진 속에서, 또 부산 피난 시절에도 글쓰기를 멈추지 않았다. 이 작가의 수발한 단편 「목넘이마을의 개」는 전쟁 중에서도 환경조건을 넘어서는 강인한 생명력을 그렸고, 장편 『나무들 비탈에 서다』는 그 엄혹한 기간을 살아낸 젊은이들의 삶을 형상화하면서 새로운 미래를 모색했다. 전쟁 중에 이데올로기의 주박4을 어린 시절 우정으로 넘어서는 「학」이나, 전쟁 말기에 한 시골 소년과 소녀의 순정한 첫사랑 이야기를 쓴 「소나기」는, 어떻게 전쟁의 상황을 초극할 것인가를 감동적으로 보여준 작품들이다.

세 번째로 황순원이 감당한 시대는 실상 앞의 두 경우보다 훨씬 더 집요하고 구조적인 성격을 가졌다. 곧 전후 복구의 시기를 거쳐 새롭게 열린 산업화의 자본 형성과 물신주

---

3 식언(飾言): 약속한 말을 지키지 않음.
4 주박(呪縛): 주술을 걸어 꼼짝 못하게 함.

의의 시대를 말한다. 인본주의를 근간으로 하는 작가에게는 전면전이 될 수밖에 없는 이 길고 힘겨운 창작 기간에 그는 훨씬 부피가 큰 장편소설로 대응했다. 『일월』이나 『움직이는 성』과 같은 인간의 존재론적 고독이나 한국인의 근원 심성에 대한 철학적 성찰, 『신들의 주사위』처럼 한 지역사회를 통한 다양한 삶의 양상에 대한 실증적 탐구 등이 그 증빙이다. 이는 우리 사회의 정신적 저변을 반사하는 '거울'이자 그 실상을 계측하는 '저울'로서의 역할을 수행했다.

황순원의 후기 단편과 시는 삶을 마감하는 노년의 눈으로 죽음의 문제에 대한 웅숭깊은 접근을 보인다. 단편집 『탈』에 수록된 「소리 그림자」, 「마지막 잔」, 「나무와 돌, 그리고」 같은 작품은 이 대목에 있어서 한국 소설의 수준을 한 차원 높게 이끄는 성취를 거양한다. 누구에게나 일생을 두고 추구하는 가치 있는 삶에의 꿈이 있다. 황순원은 언제나 본질적인 것의 순수함과 아름다움을 지향한 문학적 태도를 견지했고, 그의 작품 속 화자들은 죽음을 대면하고서도 전혀 요동하지 않았다. 그 자신 또한 그와 같은 삶을 살았다. 그의 소설은 일생을 건 구도(求道)의 도정이었고, 우리는 그로부터 인생론의 진수를 배웠다.

그의 소설은 일생을 건 구도의 도정

격동의 사건들로 편만한 21세기를 살아가는 우리는 그의 문학에서 배우고 익혀야 할 것이 너무도 많다. 국가 지도자에서부터 저잣거리의 필부필부(匹夫匹婦)에 이르기까지, 책을 읽고 문학을 접하고 교양을 쌓아야 할 이유 한가운데 작가 황순원과 그의 문학을 향한 꿈이 잠복해 있는 것이다. 1931년의 처녀 시 「나의 꿈」은 어쩌면 이 머나먼 행로를 내다보면서 한 소년이 그 가슴에 지핀 예감의 불꽃이 었는지도 모른다. 이 작가를 기리고 그 문학적 가르침을 지키며 이를 우리의 현실적인 삶 속에 도입하려는 시도가 경기도 양평의 '황순원문학촌 소나기마을'이란 이름의 테마파크로 조성되어 있다. 인본주의와 인간중심주의를 지향하며 한국문학에 순수성과 완결성의 범례를 보인, 그 삶에 있어서는 금도5와 절제를 실천한 작가와 새롭게 만날 수 있는 곳이다.

---

5 금도(襟度): 남을 포용할 만한 너그러운 마음과 생각.

소나기마을이 양평에 자리한 것은 단편 「소나기」 중 "내일 소녀네가 양평읍으로 이사 간다는 것이었다"라는 한 구절에서 비롯됐다. 작가가 23년 6개월 동안 교수로 재직하면서 후학을 양성한 경희대학교와 양평군이 함께 손잡고 국내 최대의 문학공원을 조성했다. 3층으로 지어진 문학관과 1만4천 평 야산의 문학 산책로로 구성된 이 마을을 한 바퀴 돌면, 황순원의 작품 속을 일주하고 나온 듯한 후감(後感)이 남는다. 팍팍한 세상살이에 지친 사람들, 어리고 젊은 시절의 꿈과 추억을 잊어버리고 사는 사람들이 그 무거운 마음의 짐을 내려놓고 옛날의 동심으로, 순후한 초심으로 되돌아가자는 것이 이 마을의 소박한 권면이다.

그렇게 보면 이와 같은 작가와 그 작가의 얼이 깃든 문학마을이 있는 것은, 우리의 작고 소중한 행복이 아닐 수 없다. 더욱이 지금처럼 배려와 관용의 정신이 사라지고 누구나 자기변호와 이익을 우선시하는 세상에 있어서는 더욱 그렇다. 소나기마을은 전국에서 가장 많은 유료 입장객이 찾아오는 문학관이다. 성수기에는 하루 2천여 명에 이른다. 앞으로 알퐁스 도데의 「별」, 생떽쥐베리의 『어린 왕자』, 마크 트웨인의 『톰 소여의 모험』을 포함한 '소년·첫사랑 테마파크'로 제2의 건립을 추진한다는 계획도 있다. 작가 황순원과 그 작품세계 그리고 작가를 기리는 소나기마을 덕분에 잠시라도 상쾌한 행복을 누릴 수 있을 것 같다.

2. 황순원 선생을 그리워하며

일제로부터의 해방과 나라의 분단은 동시에 일어난 사건이었다. 곧바로 삼팔선이 막혔다. 안개 낀 임진강을 건너 월남하는 사람들은 감시병의 눈을 속여야 했다. 발각되면 생명을 내놓아야 하는 상황. 배를 빌려 도강하는 중에 긴장된 배 안에서 별안간 갓난애의 울음소리가 솟았다. 모두 어찌할 바를 몰라 하는 가운데 그 소리가 사라졌다. 애 어머니가 갓난애를 배 밖으로 내던져 버린 것이다. 일행은 무사히 강을 건넜다. 그런데 그 어머니는 제 손으로 퉁퉁 불은 양쪽 젖꼭지를 가위로 잘라버렸다.

소설가 황순원이 1965년에 쓴 단편 「어머니가 있는 유월의 대화」에 나오는 한 장면이다. 참으로 많은 생각을 불러오는 대목이다. 엄중하기 이를 데 없는 공중(公衆)에 대한 책임과 혈육을 버린 처절한 참회 사이에서, 그 어머니가 선택한 것은 극단적인 자기 징벌이었다. 매우 절제되고 상징적인 방식으로, 작가는 '어머니'란 이름의 인간을 조명했다. 문학에 있어서 '인간'은 어쩌면 가장 오래고 또 오래 이

어질 숙제다. 황순원 소설은 시종일관 이 인간애와 인간중심주의를 붙들고 있었다.

6.25 동란의 휴전 협정이 조인된 것은 1953년 7월이다. 그런데 황순원은 아직 전란의 포성이 요란하던 그해 4월, 맑고 순수하기 비길 데 없는 단편 「소나기」와 「학」을 발표했다. 「학」은 전쟁 시기에 적이 되어 만난 두 친구의 우정과 동심을 다룬 것이니 그래도 당대의 현실을 반영한 소설이다. 그러나 「소나기」는 차마 사랑이라는 이름으로 부르기에 조심스러운, 소년과 소녀의 미묘하고 아름다운 감정적 교류를 그렸다. 어떻게 그처럼 삶의 형편이 곤궁하고 혹독하던 시절에, 그처럼 순정한 감성을 담은 소설을 쓸 수 있었을까.

작가와 그의 문학세계, 그리고 뛰어난 작품 「소나기」를 형상화한 문학 테마파크가 황순원문학촌 소나기마을이다. 국내에서 가장 많은 유료 입장객이 찾아가는 곳이다. 산자수명(山紫水明)한 이 고장의 한 산허리에 3층 건물 8백 평의 문학관이 서 있고, 1만 4천 평의 야산에 문학공원과 산책로가 조성되었다. 햇볕이 따사로운 날의 한나절을 이 마을에 머물다 보면, 작가가 남긴 문학의 향훈과 그를 기리는 추모의 뜻이 서로 상승작용을 일으키는 현장임을 알게 된다. 이 시너지 효과의 바탕에는 20세기 격동기의 한국문학에 순수와 절제의 극(極)을 이룬, 작가에 대한 미더움이 함께 깔려 있다.

소나기마을 관람자들이 아무 이유 없이 늘어날 리 없다. 작가와 작품의 명성 외에도 수도권 근접성이라는 요인이 있지만, 더 중요하게는 전시자의 관점이 아니라 방문자의 눈높이에 맞춘 콘텐츠 때문으로 보인다. 작가와 작품의 공간을 유기적으로 매설하고 조형과 영상을 활용하여 입체적인 전시실을 구성하는 한편, 동반한 어른과 아이들이 작품의 내면을 함께 체험할 수 있는 여러 구조가 있다. 실감 콘텐츠 영상영상체험관, 북 카페, 인공 소나기도 그렇고 동화 구연이나 손편지 쓰기 교실도 인기 높은 프로그램이다. 이 모든 시설과 콘텐츠 확보에는 지자체의 선진적 인식을 실천한 양평군의 공이 크다.

그동안 소나기마을에서는 황순원을 기념하여 황순원문학제, 황순원문학상, 첫사랑 콘서트, 수숫단 음악회, 「소나기」 속편 쓰기를 비롯한 여러 행사를 진행했다. 해마다 9월 초 황순원문학제가 열리면, 소나기마을은 전국에서 몰려온 인파로 붐빈다. 문학관 바로 곁에 영면하고 있는 선생은 이 모습을 보고 무슨 생각을 했을까. 평소 외형의 치장과 쓸모

없는 번잡을 싫어했던 성품이나, 완연한 가을 풍광 속에 맑은 마음으로 모인 사람들을 바라보면서 인본주의를 글쓰기의 척도로 삼았던 자신의 선택을 다시 수긍하지 않았을까.

Ⅱ. 생애와 작품

1. 문학적 연대기

– 문학의 순수성과 완결성, 또는 문학적 삶의 큰 모범

1-1. 〈황고집〉의 가문, 그리고 단단한 시적 서정성의 세계 (1915~1936)

한일합방으로 인하여 한반도에 대한 일제의 병탄과 압박이 시퍼렇게 날이 서 있던 1915년 3월. 그 26일에 북녘땅 문물의 중심지인 평양 부근, 정확하게 말하자면 평안남도 대동군 재경면 빙장리에서 한 생명의 탄생을 알리는 고고의 울음이 있었다. 황순원! 한국 현대문학에 있어 온갖 시대사의 격랑을 헤치고 순수문학을 지켜온 거목이자, 작가의 인품이 작품에 투영되어 문학적 수준을 제고함에까지 이름으로 작가 정신의 사표로 불리는 황순원은 이러한 시간적, 공간적 상황을 점유하며 이 세상에 왔다.

부친 찬영(자는 추은, 1892년 음력 7월 16일~1972년 양력 12월 19일) 씨와 모친 장찬붕(본관 광주, 1891년 음력 12월 7일~1974년 양력 1월 10일) 여사의 맏아들로 태어났으며,

나중에 자를 만강(晩崗)이라 했다. 이 연대기적 사실을 통하여 우선 짐작해 두어야 할 일은, 황순원이 살아온 험악한 시대의 파고 가운데서도 그의 생애가 상대적으로 유복했다는 점이다. 부모의 생몰 연대가 해방 공간과 민족상잔의 전란을 넘어 가로놓여 있으므로, 그 실제적 사실 만으로도 이를 유추할 수 있다.

이 시기에 북녘에 고향을 둔 이들 대개가 부모와 생이별하고 혈육 이산의 통한을 끌어안고 살아왔는데 황씨 가문이 그 비극을 피해 갈 수 있었음은 정녕 큰 축복이 아닐 수 없었다. 황순원은 함께 월남한 양친을 팔순까지 모셨으며 순만, 순필 두 동생도 모두 월남하여 사회적으로 자기 몫을 다하며 살아간 경우이니 일찍이 맹자(孟子)가 삼락(三樂) 가운데 첫째로 꼽은 '부모구존 형제무고(父母俱存 兄弟無故)'가 이에 여실히 부합한다고 할 수 있겠다. 더욱이 한국 나이로 황순원은 86세, 부인 양정길은 100세의 천수를 누렸으니 그 끝도 아주 좋았던 셈이다.

필자는 대학 입학에서부터 학위 과정을 모두 마칠 때까지 제자로서 작가를 모시고 있었으며 그런 만큼 객관적 기록으로 정리되지 아니한 이런저런 일이나 일화들을 적잖이 기억하고 있다. 작가는 언젠가 양친의 함자 중에 공통으로

'찬' 자가 들어 있음을 들려주었는데, 그때의 어투나 표정으로 보자면 양친에 대한 최대한의 존경심을 반영하고 있어 동석한 제자들이 한가지로 옷깃을 여미곤 했다. 만강이라는 자를 두고 있었으나 이를 실제로 사용한 적은 필자의 기억에 없다. 다만 그 사용하지 않은 사유에 대한 변론은 들은 바 있다. 황순원이란 이름 석 자를 바로 감당하기도 쉽지 않은데 또 다른 이름을 써 무엇 하겠느냐는 반문이 그것이었다.

이 황씨 가문의 본관은 제안이며, 누대에 걸친 향리의 명문이었다. 조선 시대 영조 때 평양에 '황고집'이라는 유명한 효자가 있었고 그의 조상 공경과 강직 결백함은 이름이 높아 이홍식 편 〈국사대사전〉에까지 올라 있는데, 이 '황고집' 또는 이를 호로 딴 집암 곧 본명이 순승인 분이 작가 황순원의 8대 방조다. 이 가문의 기질적 전통이 황순원의 조부 연기, 부친 찬영, 황순원 자신, 그리고 장남인 시인 동규에 이르도록 생생하게 발견된다고 김동선은 「황고집의 미학, 황순원의 가문」이라는 글에서 밝히고 있으며 이를 구체적 사료와 사례를 들어 설명하고 있다.

예컨대 노환으로 몸져누웠을 때나 자녀의 훈육에 있어서 조부가 보여 준 결백과 과단성, 3·1 운동 때 옥고를 치르며 과수원, 산림, 저수지 사업에 차례로 집착을 보인 부친의 외골수 성격 등이 그에 해당된다. 자신의 온 생애를 통해 지속적으로 변화하고 승급하면서도 순수문학과 미학주의를 지향하는 그 전열을 흩트리지 아니한 황순원 작품세계의 본질을 구명(究明)함에 있어서, 우리는 이와 같은 황고집 가문의 기질과 음덕이 밑바탕에 잠복해 있음을 간과할 수 없는 것이다.

1919년 3·1 운동이 일어나던 해 황순원은 다섯 살이었으며 평양 숭덕학교 고등과 교사로 재직 중이던 부친이 태극기와 독립선언서 평양 시내 배포 책임자의 한 분으로 일경에 체포되었다. 부친은 이로부터 1년 6개월의 실형을 언도받고 감옥살이를 시작했다.

그 시절이라면 아버님께서 3·1 운동 관계로 옥살이를 하실 때다. 나는 어머님과 단둘이 시골 고향에 살았다. 지금도 생각난다. 어머님께서 혼자 김매시는 조밭머리 따가운 햇볕 아래서 메뚜기와 뻐꾸기 소리만 벗하여 기나긴 여름날을 보내던…. 그리고 시력이 좋지 않으신 어머님을 모시고 다섯 살짜리 내가 앞장을 서서 그 말승냥이가 떠나지 않는다는 함박골을 지나 외가로 오가던 …. 아마 나의 고독증은 이 시절에 길러진 것인지도 모른다.

이 고독증에 대한 확인의 한 형태가 일본 가 있을 때 동경학생예술좌라는 극연극단체 창립의 한 사람이 되게 한 것은 아닐까.

어린 시절의 고독증에 대해 1951년에 쓰인 이 글은 동경학생예술좌까지만 연계하여 그 상관성을 상정하고 있지만, 마침내는 그것이 추후 우리가 『일월』이나 『움직이는 성』에서 목도하게 되는 존재론적 고독감에까지 그 파장을 미치게 한다고 볼 수도 있을 법하다. 일곱 살이 되던 1921년에 황씨 집안은 평양으로 이사하고, 이태 후 황순원은 숭덕소학교에 입학한다. 소학교 시절에 황순원은 당시로서는 드물게 스케이트도 타고 철봉이나 축구도 했으며 바이올린 레슨도 받았다고 한다. 평양에서의 소학교 시절에 화가 이중섭과 함께 학교를 다녔다는 기록도 있다.

열두세 살 때부터 체증을 다스리기 위해 어른들의 허락을 받고 소주를 마시기 시작했는데, 그로써 소주 애호가가 되고 스스로도 문학보다 술을 먼저 알았다고 술회한 바 있다. 그때 반 홉씩 마셨으니 나이에 비추어 그 주량이 작은 것이 아니었고 학창 시절에는 대체로 두 홉 정도의 주량을 일정하게 유지했다고 한다. 열다섯 살 나던 1929년, 황순원은 정주의 오산중학교에 입학한다. 건강 때문에 다시 평양의 숭실중학교로 전학하기까지 한 학기를 정주에서 보낸다. 여기서 황순원은 중요한 체험 한 가지를 얻게 되는데 그것은 다름 아닌 남강 이승훈 선생과의 만남이었다. 단편 「아버지」(1947)에 그분에 대한 작가의 감회는 다음과 같이 서술되어 있다.

> 그때 이미 선생은 현직 교장으로서는 안 계셨는데도 하루 걸러쯤은 꼭꼭 학교에 오셨다. 언제나 한복을 입으신 자그마한 키, 새하얗게 센 머리와 수염. 수염은 구레나룻을 한 치가량 남기고 자른 수염이었다. 참 예쁘다고 할 정도의 신수시었다. 그때 나는 남자라는 것은 저렇게 늙을수록 아름다워질 수도 있는 것이로구나 하는 걸 한두 번 느낀 것이 아니었다.

물론 이때 그가 남강에게서 본 노년의 기품과 원숙한 아름다움은 겉으로 드러난 외형적인 것만일 리 없다. 그러기에 「아버지」에서도 남강의 기개와 인품에 대한 부연이 있다. 아울러 그는 또다시 그러한 유형의 아름다움을 가진 남자를 부친에게서 발견했다고 적었다. 이러한 범례의 적용은 우리들, 즉 독자나 제자나 친지들이 이 작가의 노년을 바라보는 시각에도 아무런 주저 없이 도입될 수 있는 것이었다. 대표적으로 제자이자 작가인 전상국이 〈문학과 더불어 한평생〉(1980)이란 제하의 대담에서, 중학 신입생 시절에 남강을 관찰한 그 혜안6에 감탄하면서 스승의 그 관찰력을 자신이 스승을 바라보는 시각에 겹쳐 보이는 글쓰기의 묘미를 나타내 보인 바 있다.

　오산중학교에서 한 학기를 지내고 평양으로 돌아왔으니 숭실중학교로의 전입학은 그해 9월이었다. 부친과 삼촌 세 분이 모두 숭실 출신이었는데, 바로 밑의 아우 순만은 후에 평양 제2고보를 졸업했다. 같은 해 11월, 저 남쪽에서는 광주학생사건이 일어났고 동시대 젊은이들의 가슴에 맺힌 식민지 지식인의 울혈이 점점 깊어 가던 때였다. 숭실중학교 재학 중이던 1930년, 이팔청춘 열여섯의 나이에 드디어 황순원은 시를 쓰기 시작한다. 나중에 익히 알려진 일이지만, 그는 시인에서 출발하여 단편소설 작가로 자기를 확립했고 다시 장편소설 작가로 발전해 간 사람이다.

---

6 혜안(慧眼): 사물을 꿰뚫어 보는 지혜로운 눈.

이듬해 7월에 처녀 시 「나의 꿈」을, 9월에 「아들아 무서워 말라」를 《동광》에 발표하기 시작하여 시작(詩作)과 발표를 거듭했으며 1932년 5월 시 「넋 잃은 그대 앞가슴을 향하여」가 《동광》 문예 특집호에 발표됨과 함께 주요한으로부터 김해강, 모윤숙, 이응수와 더불어 신예 시인으로 소개받았다. 계속해서 시를 써나가는 도중에 황순원은 1934년 숭실중학교를 졸업하고, 일본 동경으로 유학하여 와세다 제2고등학원에 입학한다.

여기에 재학하는 동안 이해랑, 김동원 등과 함께 전기한 바 있는 극예술 연구 단체 동경학생예술좌를 창립한다. 그해 11월, 이 단체의 명의로 첫 시집 『방가』를 간행하기에 이른다. 교포가 경영하는 삼문사에서 인쇄하고 서울 한성도서를 총판으로 한 이 시집은 양주동의 서문과 시인의 짧은 머리말, 그리고 스물일곱 편의 시를 수록하였다. 모두 84면, 정가 50전, 500부를 찍었는데 이듬해 여름인 8월에 방학을 맞아 귀성했다가 조선총독부의 검열을 피하기 위해 동경에서 시집을 간행했다 하여 평양 경찰서에 29일간 구류를 당하기도 했다.

한편 1935년 1월, 황순원은 재학 중에 당시 일본 나고야 금성여자전문의 학생이던 양정길(본관 청주, 1915년 9월 16

일생으로 동갑임) 여사를 일생의 반려자로 맞아들인다. 평안남도 숙천에서 과수원을 경영하며 만주 봉천에 사과를 수출하기도 한 양석렬의 장녀인 신부는 평양 숭의여학교 다닐 때 문예반장을 지냈고, 황순원과는 이때부터 교제가 있었던 것으로 알려져 있으나 더 이상의 자세한 정보는 밝혀지지 않았다. 세월이 오늘에 이른 다음에 돌이켜 보면, 황순원과 그의 문학은 신앙심이 깊고 활동적이며 무엇보다도 문학에 대한 조예를 갖춘 부인의 조력을 비길 데 없는 원군으로 얻게 되었던 셈이다. 작가 자신도 언젠가 부인이 없었더라면 이만큼의 황순원 문학이 불가능했을 것이라고 회고한 적이 있다.

시집 『방가』로 인하여 한 달간 구류를 살고 나온 그해, 그러니까 결혼하던 해 10월, 황순원은 신백수, 이시우, 조풍연 등이 주도하여 서울에서 발행하던 《삼사문학》의 동인으로 참가한다. 이 동인지는 모더니즘을 표방하되 김기림이나 김광균의 서정적 요소에 불만을 품고 쉬르리얼리즘의 경향을 보였다. 그다음 해인 1936년, 황순원은 와세다 제2고등학원을 졸업하고 와세다 대학 문학부 영문과에 입학한다. 입학하던 3월에 동경에서 발행되던 《창작》의 동인이 되어 시를 발표하는가 하면, 5월에 제2시집 『골동품』을 역시 동경학생예술좌 발행으로 첫 시집과 같은 인쇄, 총판사를 통하여, 그러나 발행인은 시인 자신의 이름으로 간행하였다.

　모두 스물두 편의 시를 수록하고 고급 케이스 장정으로 제작한 이 시집은 56면, 정가 90전에 220부 한정판이었다. 이 두 권의 시집 발간 이후에도 황순원은 간간이 시를 썼으나 단행본으로 묶지는 않았으며, 연이어서 단편소설과 장편소설의 세계로 넘어간 다음 노년에 이르러 다시 함축적이고 의미 깊은 시편들을 발표하여 주목을 끌었다. 1985년 문학과지성사에서 낱권으로 기획한 전집의 제11권 『시선집』에서 황순원은 두 시집 이후 자신의 시를 〈공간〉(1935~1940), 〈목탄화〉(1945~1960), 〈세월〉(1974~1984)의 세 단락으로 정리함으로써 독자들의 편의와 후학들의 연구를 도왔다.

1-2. 단편 작가로 입신, 문학적 성숙을 예비한 서장
(1937~1949)

황순원이 스물세 살 나던 1937년은 그의 문학에 있어 하나의 중요한 전환점이 된다. 문학의 길로 들어선 이래 시만 써 오던 창작 관행을 탈피하여 소설을 발표하기 시작한 첫 해였기 때문이다. 그의 첫 소설 작품은 7월에 《창작》 제3집에 발표된 「거리의 부사」였고, 이듬해인 1938년 10월 「돼지계」와 시 「과정」, 「행동」을 《작품》 제1집에 발표함으로써 이 동인지에도 발을 들여놓았다. 1938년 장남 동규, 2년 후 차남 남규, 3년 후 딸 선혜, 또 3년 후 3남 진규를 얻음으로써 황순원은 3남 1녀의 아버지가 되고 동규를 얻은 그 이듬해 스물다섯 살의 나이로 와세다대학을 졸업한다.

소설을 쓰기 시작한 지 3년 만인 1940년 황순원의 첫 단편집인 『황순원 단편집』이 서울 한성도서에서 간행된다. 이 책의 표지화인 선인장 그림은 동생 순필이 그렸다. 후에 작가 자신에 의해 '늪'으로 제목이 바뀐 이 창작집에는 집필 시기가 기록되지 않은 열세 편의 단편이 실려 있으며, 그 전 단계인 시인의 체취가 사뭇 강력하게 남아 있는 단단한 서정성의 세계를 보여준다. 이 작품들은 주로 와세다 대학 문학부에서 수학하면서 쓴 것인데, 황순원은 이들에 대해 〈자기 확인의 길〉에서 '시가 없어 뵈는 나 자신에 대해 소설로써 내게도 시가 있다는 확인을 해 보인 것은 아닐까'라고 기술해 놓고 있다.

이해에 황순원에게는 또 하나 중요한 사건이 있었다. 일생을 두고 가장 가까이 교분을 맺은 친구였던 원응서와의 만남이 그것이다. 원응서는 황순원의 인간과 문학을 말한 「그의 인간과 단편집 기러기」(1973)에서 1940년 여름 평양 기림리 모래터의 ㄱ자집 뒤채 그의 서재에서 '황형'을 처음 만났다고 했다. 이곳은 또한 작품집 『기러기』의 간접적 배경이 되는 장소이기도 하다. 『기러기』가 출간된 것은 1951년이지만 거기에 실린 작품들의 생산연대는 1940년에서 해방 직전까지의 기간이었다.

「별」과 「그늘」 두 편을 제외한 나머지 열세 편은 1941년 태평양 전쟁 발발 이후 일제의 한글 말살 정책으로 발표되지도 못하고 '그냥 되는 대로 석유 상자 밑이나 다락 구석에 틀어박혀 있을 수밖에 없었던' 것인데, 황순원은 그곳 기림리에서 술상을 가운데 놓고 원응서에게 작품을 낭독해 주곤 했다. 말하자면 원응서는 당시의 유일한 독자가 되었던 셈이다. 원응서는 황순원보다 한 해 먼저 1914년 평양에서 출생했으며, 일본 릿교(立敎)대학 영문학부를 졸업하고 집에 와 있던 때였다.

이 두 사람은 문학의 친구이자 술친구이며 인생의 진진한 친구였다. 월남한 후 황순원과 함께 《문학예술》을 발행하던 원응서는 1973년 11월 즐겨하던 낚시터에서 뇌일혈로 쓰러져 세상을 떠났는데, 그 이후까지 생사의 갈림길을 넘어서 계속된 두 사람 사이의 청신하고 눈물겨운 우정은 단편 「마지막 잔」(1974)에 잘 나타나 있어 여기서는 상술을 생략하기로 한다. 언젠가 작가는 또 한 분 동요 「고향의 봄」을 지은 이원수 씨와 셋이서 친했는데 세 사람의 이름에 으뜸 원자가 차례로 들어가 있어서 예사롭지 않게 생각한다고 들려준 적이 있다.

일제 말기의 어지럽고 뒤숭숭하던 시절을 피하여 1943년 향리인 빙장리로 소개해 갔던 황순원은, 계속해서 단편소설을 쓰면서 1945년 해방을 맞았다. 해방되던 해 9월 평양으로 돌아온 황순원은 해방의 기쁨에 젖어 다시금 「그날」을 비롯한 시 몇 편과 단편 「술」을 썼으며 처음이자 마지막으로 라디오 드라마를 한 편 쓰기도 했다. 그러나 해방은 진정한 해방이 아니었다. 지주 계급 출신의 지식인 청년은 점점 신변의 위험을 느끼기 시작했고 공산 정권이 구체화 되면서 월남의 길을 찾지 않을 수 없었다.

그의 온 가족은 1946년 3월과 5월의 두 달 동안 모두 월남했고 처가는 그보다 앞서 월남했으나, 불행히도 삼촌 세 분은 북쪽에 남고 말았다. 월남한 그해 9월, 황순원은 서울고등학교 국어 교사로 취임했다. 월남 후에도 계속해서 시와 단편소설을 발표하던 그는, 마침내 1947년 장편 『별과 같이 살다』를 부분적으로 독립시켜 잡지에 발표하기 시작하면서 장편소설로 넘어가는 길목을 닦기 시작한다. 시에서 시작하여 단편소설을 거쳐, 마침내 황순원은 장편 소설의 보다 넓은 지경에 이르게 된다.

남한만의 단독으로 대한민국 정부가 수립되던 해 1948년 12월, 황순원은 해방 후의 단편만을 모은 단편집 『목넘이마을의 개』를 육문사에서 간행했다. 《신천지》, 《개벽》 등에 발표되었던, 당시의 피폐한 사회와 삶의 모습을 담은 단편 일곱 편을 묶은 이 창작집은 현실의 구체성과 자전적 요소들이 강하게 드러나 있다. 그의 저작 가운데서는 유일하게 강형구의 「발(跋)」7이 수록되어 있다. 표제작 『목넘이마

---

7 발(跋): 책의 끝에 본문 내용의 대강이나 간행과 관련된 사항 등을 짧게 적은 글.

을의 개』에 나오는 목넘이마을은, 작가의 외가가 있던 평안남도 대동군 재경면 천서리를 가리키는 지명이다.

1950년 동란이 발발하기 이전까지 황순원의 작품세계는, 당초의 시적 정서가 초기 단편소설에까지 이어져서 작가 자신의 신변적 소재가 주류를 이루는 주정적 경향을 보여준다. 이 시기의 작품들은 "비록 삶의 현장에 과감히 뛰어든 문학은 아니로되, 압제의 극한 상황 속에서 자기 자신을 가다듬으며 뒷날의 문학적 성숙을 예비한 서장" 격으로 받아들일 수 있겠다. 기실 황순원은 이 시절에 갈고 닦은 단단한 서정성과 문학적 완전주의를 끝까지 밀고 나간 작가인 것이다.

1-3. 전란의 상흔과 모순에 맞선 인간애 및 인간중심주의 (1950~1964)

6·25 동란이 발발하기 넉 달 전인 1950년 2월, 황순원은 첫 장편 『별과 같이 살다』를 정음사에서 간행한다. 1947년부터 '암콤', '곰', '곰녀' 등의 제목으로 이곳저곳에 분재 되었던 것에 미발표분까지 합쳐서 묶은 이 소설은 그 중간 제목들이 말해 주듯이 일제 말기에서부터 해방 직후까지의 참담한 시대상을 통해 우리 민족의 수난사를 담으려 했다. 그의 장편소설로서는 유일하게 '곰녀'라는 한 여인을 주인공으로 설정하고 있기도 하다. 6월에 동란이 나고 황순원은 가족들과 경기도 광주로 피난했으며, 1·4 후퇴 때에는 또다시 부산으로 피난한다. 이 부산 망명 문인 시절 김동리, 손소희, 김말봉, 오영진, 허윤석 등과 교유하며 그 포화의 여진 속에서도 작품 창작을 계속해 나간다.

1951년 8월에는 전기한 바와 같이 해방 전에 써서 모아 두었던 작품을 모아 단편집 『기러기』를 명세당에서 내었다. 간행 순으로는 『목넘이마을의 개』에 이어 세 번째이지만, 집필 순으로는 본격적인 소설 창작의 길로 들어선 두 번째의 것이 된다. 주로 아이와 노인이 주인공으로 등장하며 민족 전래의 설화적 모티프와 현대소설의 정제된 기법이 악수하는 깔끔한 작품들이다. 부산에 머무르던 1952년 1월, 단편 「곡예사」가 《문예》에 발표되었다. 피난살이의 설움과 고생을 핍진하게 드러낸 작품으로, 황순원 일가의 어려운 삶과 작가의 울분 그리고 뜨거운 가족 사랑을 명료하게 드러내고 있다.

이들은 잠잘 방 때문에 곤욕을 당했으며 그는 피난 학교의 교사로 나가면서 잘 팔리지도 않는 소설을 쓰고 부인과 아이들은 가두에서 신문과 껌을 팔아야 했다. 황순원은 인생이 힘든 곡예요 인간은 능숙한 곡예사라고 생각했고 소설 속에도 자연히 인생에 대한 환멸과 쓰라림이 스며들곤 했다. 그해 6월에 그러한 작품들을 묶은 단편집 『곡예사』가 명세당에서 간행되었다. 여기에 수록된 작품은 모두 열한 편으로 전란 발발 이후에 쓰인 작품이 여덟 편이다. 가까이 지내던 김환기 화백의 장정으로 7백 부 한정판으로 찍었다.

그의 창작집 가운데 유일하게 스스로의 작품을 간략히 소개한 '책 끝에'가 붙어 있으며, 내 표지의 표제는 '부제(父題)'라 하여 부친이 쓴 것임을 밝히고 있다. 1953년 5월, 황순원은 단편 「학」을 《신천지》에, 그리고 단편 「소나기」

를 《신문학》 제4집에 각각 발표한다. 단편소설로서는 원숙의 경지에 이른 기교와 선명하고 감동적인 주제, 따뜻한 인간 사랑의 정신으로 널리 알려진 이 단편들은 두고두고 우리 마음속 저 깊은 바닥의 심금8을 울린 명편들이다. 시에서부터 출발하여 온갖 간난신고를 헤치면서 갈고 다듬어 온 단편소설 창작의 기량이 그러한 차원에까지 이르게 했을 터이다.

그해 9월부터 《문예》에 새 장편 『카인의 후예』를 연재하기 시작했으나 5회까지 연재하고 이 잡지의 폐간으로 중단했으며 나머지 부분은 따로 써 두게 된다. 그다음 해인 1954년 12월에 『카인의 후예는 중앙문화사에서 역시 김환기의 장정으로 단행본으로 상재되었다. 이 소설은 해방 직후 북한에서 지주 계급이 탄압받는 이야기가 중심축이 되어 있는데, 그런 만큼 상당 부분 황씨 가문의 자전적 요소들이 들어 있으며 그 일가가 월남할 수밖에 없었던 배경도 잘 내비치고 있다. 이 소설의 무대는 작가의 향리, 곧 평양에서 40리 떨어진 그 빙장리다. 1950년대 한국문학의 대

---

8 심금(心琴): 외부의 자극에 미묘하게 움직이거나 감동하는 마음을 거문고에 비유하여 이르는 말.

표작이 된 이 작품으로 작가는 이듬해 아세아자유문학상을 수상하게 된다.

1955년 1월부터 황순원은 장편 『인간접목』을 《새가정》에 1년간 연재하여 완결하였다. 발표 당시의 제목은 '천사'였으나 1957년 10월 중앙문화사에서 단행본으로 출간할 때 이 제목으로 바꾸었다. 이는 작가가 30대 후반에 체험한 동란의 비극을 소설로 옮긴 것이며, 이 민족적인 아픔을 본격적인 장편 문학으로 수용한 한국문학의 첫 6·25 장편소설로 일컬어진다. 1956년 12월에는 단편집 『학』이 중앙문화사에서 나왔다. 우리의 눈에 익숙한 김환기의 학이 춤추는 그림으로 표지를 장식하고 있는 이 창작집에는, 『곡예사』 이후 1953년에서 1955년 사이에 쓰인 작품 열네 편이 실려 있다. 작품의 소재와 시대적 배경이 그러한 만큼, 전란과 전후의 상황을 예민하게 반영하고 있는 작품이 대다수다.

작가가 마흔세 살이 되던 1957년 2월에 장남 동규가 서울고등학교를 졸업하고 서울대 영문과에 입학했으며, 작가 자신은 4월 경희대 문리대 조교수로 직장을 옮기는 한편 예술원 회원에 피선된다. 모처럼 화창한 봄날 같은 일들이 많았다. 황순원에게 있어 경희대로의 전직은 그 의미가 가볍지 않다. 이때부터 정년퇴임을 하던 날까지 23년 6개월 동안, 단 한 가지의 보직도 갖지 않은 채 그야말로 평교수로서 초연히 살아오면서, 3분의 2에 해당하는 단편과 다섯 편의 장편을 집필하게 된다. 뿐만 아니라 김광섭, 주요섭, 김진수, 조병화 등 쟁쟁한 문인 교수들과 더불어 활기찬 창작열을 북돋워 많은 문인 제자를 양성한 시기이기도 했다. 필자 자신도 1970년대를 가로지르며 작가의 정신적 훈육 아래에 있었다.

1958년 3월에 여섯 번째 창작집 『잃어버린 사람들』이 중앙문화사에서 간행되었는데, 여기에는 1956년 이후에 쓴 다섯 편의 단편과 중편 「내일」이 수록되어 있었다. 1981년 문학과지성사에서 전집이 나올 때 작가는 『잃어버린 사람들』과 「학」을 제3권으로 한데 묶고 「내일」을 따로 뽑아 『너와 나만의 시간』과 함께 제4권으로 묶었다. 1960년 1월부터 또 하나의 중요한 장편 『나무들 비탈에 서다』를 《사상계》에 연재하기 시작하여 7월호에 완결하게 되는데, 이는 9월에 같은 출판사에 단행본으로 상재되었다. 피카소의 그림을 표지화로, 김기승의 글씨를 제자로 한 이 단행본에서는, 발표 당시 허무주의자 주인공 현태를 자포자기의 자살로 버려두었던 것을 일부 수정하여,

일말의 정신적 구원 가능성을 암시하는 것으로 바꾸어 놓는다.

이 작품은 작가에게 이듬해 예술원상 수상을 가져다주었으나, 이 작품을 평한 백철과 더불어 작가의 의식과 시대상의 반영에 관한 두 차례의 유명한 논쟁을 촉발하게 한다. '작가는 작품으로 말한다'는 신념 아래 일체의 잡글을 쓰지 않으며 심지어 신문 연재소설도 끝까지 마다한 작가의 문학적 엄숙주의에 비추어 보면, 한국일보에 발표되었던 두 편의 논쟁문은 매우 특이한 사례에 속한다. 오늘날에 와서 우리가 이 논쟁을 다시 돌이켜 볼 때, 다른 모든 소설적 가치를 제외하고라도 작품의 총체적 완결성에 관한 한, 자기 세계를 치밀하고 일관되게 제작해 온 작가의 반론을 무력화시킬 수 있는 어떠한 논리도 작성되기 어려웠으리라 짐작된다. 미상불 〈비평에 앞서 이해를〉(한국일보, 1960년 12월 15일)과 〈한 비평가의 정신자세-백철 씨의 소설 작법을 도로 반환함〉(한국일보, 1960년 12월 21일)이라는 제목만 일별해도 그의 오연한 결의가 느껴지는 바 없지 않다. 1962년에 이르러 황순원은 그의 장편소설 시대의 만개를 예고하는 『일월』을 《현대문학》 1월호에서부터 연재하기 시작한다. 그리하여 5월호까지 제1부가 발표

되고 제2부는 그해 10월호부터 이듬해 4월호까지, 제3부
는 1년여의 시간적 거리를 두었다가 1964년 8월호부터
11월호까지 연재되었다.

이처럼 만 3년에 걸쳐 끝난 『일월』은 1964년 창우사에
서 간행된 황순원 전집 전 6권 중 제6권으로 편입되어 나
왔다. 생존 작가로는 최초의 개인 전집이었던 이 전집의 제
자는 부친이 써 주었다. 백정 일을 하는 가장 천민층이었던
사람들의 소외, 갈등, 고통을 소설적 형상력으로 표출하면
서 인간 구원의 길을 예시한 이 작품으로 해서, 작가는
1966년 3·1문화상을 수상하게 된다. 그는 이 소설을 쓰기
위하여 진주의 형평사운동을 비롯하여, 광범위하게 자료
조사를 한 것으로 알려져 있으며 언젠가 필자를 포함한 제
자들이 있는 자리에서 "작가는 조사한 자료 모두를 소설로
쓰지 않고 오히려 더 많은 분량을 그대로 묵혀 두는 경우가
많다"는 자못 의미심장한 말을 들려준 적도 있다.

『일월』은 그 제목의 설정에도 하나의 모범이 되어, 인간
의 의지와는 관계없이 경과 하는 세월을 뜻하는가 하면, 해
와 달이 영원히 함께할 수 없음을 통해 어떤 근원적 괴리감
을 표상하는 것으로도 보인다. 작가는 이 제목의 설정 사유
에 대한 질문에는 저 이름 있는 이백의 〈답산중인(答山中

人))에서처럼 웃고 대답하지 않았다. 필자가 석사학위 논문으로 〈황순원 소설의 작중인물 연구〉를 쓰고 심사를 받을 때, 마침 작가는 그 심사위원장이었다. 심사가 끝난 후 필자는 논문 외적인 문제로 하나의 질문을 드렸었다.

인철의 가문과 같이 백정의 후대이지만 완전히 신분 상승을 이룩한 경우에도 그 전대의 굴레가 그렇게 치명적이겠느냐는 것이었다. 필자로서는 조심스럽고 어려웠던 질문에 비해 작가는 매우 쉬운 말로 대답했다. 작가로서 독자의 질문에는 대답하지 않는 것을 원칙으로 하고 있으되, '김 군'의 질문에 특별히 답한다고 전제한 연후에, 신분 상승이 이루어졌으므로 오히려 전대의 신분이 문제 될 수 있는 것이라는 말씀이었다. 우문현답! 필자는 그 간단한 답변에 쉽게 승복할 수 있었다.

이처럼 작가와 독자의 대화에 있어 황순원은 확고한 자기주장을 갖고 있었다. 대학 1학년 때 필자가 「소나기」의 이야기를 두고 체험적인 것이냐고 물었을 때, 작가는 그럴 수도 있고 아닐 수도 있다고 답했었다. 그 답은 결국 체험과 상상력의 조합이라는 것이었다. 1964년 5월, 단편집 『너와 나만의 시간』이 정음사에서 간행되었다. 일곱 번째 작품집인 이 단행본에는 40대 중반에 쓰인 작품 열네 편이 수록되었다. 이 작품들에는 작가의 개인적인 모습이 번번이 드러나고 있어 작가 연구에 소중한 자료가 되기도 한다. 이 책은 정음사가 모두 열 권으로 기획한 〈한국 단편문학 선집〉 중 제5권으로 나왔다.

1-4. 실존적 삶의 고통과 존재론적 인식의 확장
(1965~1976)

『일월』의 탈고에 이르기까지 황순원의 문학은, 초기의 시적 서정성과 단편소설의 수련을 거쳐 인간의 삶을 깊이 있게 조명하며 숙명적이고 선험적인 상황에 대응하는 자아의 의지를 추구하였다. 『일월』이 간행된 다음 해, 즉 1965년 이후부터 황순원의 문학은 또다시 새로운 변화 곡선을 그려 나간다. 그해 4월의 「소리그림자」를 필두로 나중에 단편집 『탈』로 묶게 되는, 세상을 복합적이며 함축적이고 원숙한 시각으로 바라보는 단편들의 지속적인 제작이 그 하나이다.

그리고 1968년부터 발표하기 시작한, 한국인의 근원 심성을 소설 미학으로 구명한 『움직이는 성』의 집필이 다른 하나다. 그는 이러한 창작 경향을 통하여 삶의 실존적 고통 및 존재론적 자아의 위상에 관한 탐색을 활발히 전개해 나간다. 물론 이와 같은 형이상학적 문제에 대한 인식의 확장과 깊이 있는 천착은, 우리 문학에서는 그 선례를 찾기 어려운 것이었다. 또한 이 시기를 전후하여 그의 작품들이 인문계 및 실업계 중고교 교과서에 수록되고 여기저기 한국문학 전집이나 선집에 수록되며, 영어, 불어, 독일어 등으로 번역되어 해외에 소개되는가 하면, 여러 작품이 영화로 만들어지기도 한다.

작가 자신도 문예지의 추천위원이나 여러 종류의 시상에 심사위원으로 확고한 문단 원로의 지위를 점하고 있어 가히 황순원 문학의 전성기라 할 수 있겠는데 이를 자세히 서술하기에는 그 수가 너무 많아 여기서는 약할 수밖에 없다. 1969년에는 외동딸 선혜가 결혼하여 미국으로 이민을 떠났고 1972년에 조선일보에 입사한 막내아들 진규도 나중에 누이와 같은 길을 따라가게 된다. 1970년에는 토속성 있는 작품을 주로 써 온 작가로서는 매우 의욕적으로, 6월 국제 펜클럽 제37차 서울대회에서 한국 대표로 '한국문학에 있어서의 해학의 특성'이란 제목으로 주제 발표를 하게 된다. 그동안의 작품 창작으로 한국문학 발전에 기여한 공로와 이때의 공로를 통하여 그해 8월 15일 광복절에 국민훈장 동백장을 받았다.

전란의 상흔을 직접 몸으로 겪은 이 작가에게, 한반도의 남북 관계와 더불어 상기해 두어야 할 몇 가지 사회사적 사건들이 있다. 1972년에서부터 몇 해 동안은 그의 삶에 있어 문학 외적인 몇 가지 큰 사건들이 연이어 일어났다. 실향민 일가로서 꿈에도 그리던 고향으로 돌아가 보지 못한

채, 마침 남북 간에 7·4공동성명이 발표되고 남북적십자 본회담과 남북조절위원회 회의가 열리던 1972년 12월 부친상을 당한다. 또한 삼중당에서 전 7권으로 〈황순원 문학 전집〉이 발간되기 한 달 전인 1973년 11월, 누구보다도 그의 인간과 문학을 이해해 주고 동고동락하며 지내던 오랜 지기지우 원응서를 잃는다.

이듬해 1974년 1월에는 모친이 세상을 떠났다. 그리고 그다음 해인 1975년 3월이 자신의 회갑이었으나, 온갖 세월의 풍상을 한꺼번에 당하고 견뎌 낸 그는 다른 모든 행사를 사양하고 예년과 같이 지냈다. 이와 같은 여러 유형의 시련, 요컨대 진행 중에 중단되거나 의미가 무화(無化)되는 일이 없어 세상사의 굽이 굽이를 모두 감당한 삶의 체험들이, 그의 문학을 더욱 웅숭깊고 유장하게 가꾸는 추동력이 되었다고 볼 수 있겠다. 일찍이 천이두가 '노년의 문학'이란 명호를 사용하면서 "단순히 노년기의 작가가 생산한 문학이라는 의미가 아니라 노년기의 작가에게서만 느낄 수 있는 원숙하고 독특한 분위기의 문학"이라고 서술부를 마련한 것은 이에 대한 하나의 해명이 될 것으로 보인다.

황순원의 여섯 번째 장편 『움직이는 성』은 『일월』 이후 4년간의 구상 끝에 이루어진, 황순원 문학의 천장을 치는 작품이다. 제1부가 《현대문학》 1968년 5월호에서 10월호까지, 제2부가 같은 잡지에 2년 후인 1970년 5월호에서 다음 해 6월호까지, 제3부 및 제4부는 역시 같은 잡지에 다음 해인 1972년 4월호에서 6월호까지 연재되었다. 집필에 5년이 걸린 이 작품의 초판은 1973년 5월 삼중당에서 간행되었고 그해 12월 그의 세 번째 전집인 삼중당판 〈황순원 문학 전집〉에 그대로 수록되었다.

『일월』에서 『움직이는 성』으로 넘어가면서 황순원의 소설 작법은 전반적으로 확산되는 경향을 보인다. 이 확산은 작품의 중심 과제를 종합적으로 투시하려는 시선에서 기인하는 것이며, 그 대상 역시 개인적인 문제에서 사회적인 문제로 확대되고 있다. 『일월』보다 앞서 발표된 작품들과 『움직이는 성』 이후 『신들의 주사위』에까지 연장해 고찰해 보면, 이러한 확대 변화의 경향은 더욱 확실해진다. 황순원은 『움직이는 성』을 거치면서 집합적 소설 구조로부터 해체적 소설 구조로의 변화를 시도하고 있으며, 그 변화는 인물, 구성, 주제의 모든 측면에서 함께 이루어진다.

『움직이는 성』의 결말은, 건실한 내일의 삶으로 가는 통과 제의적 전환의 예시와 함께 '창조주의 눈'이란 알레고리를 사용함으로써 작품의 주제를 심화시키는 상징적인 장면으로 되어 있다. 이러한 소설적 종말 처리법은 그의 장, 단편을 막론하고 거의 공통적으로 나타난다. 이러한 사실들은 결국 황순원이 끝까지 낭만적 휴머니스트임을 반증한다. 그는 상황의 냉혹함 속에서도 인간의 아름다움과 순수함을 되찾아 가야 한다는 의지를 갖고 있는 듯하다. 외부로부터 가해지는 비인간적인 힘으로부터 인간의 고귀함과 존엄성을 지키는 일이 결코 쉽지 않을 것이라는 인식조차도 그러한 의지의 변경을 가져오지 못함을, 그의 소설들이 결말을 통해 지시하고 있다고 보인다.

『움직이는 성』의 세 주인공 준태, 성호, 민구는 『나무들 비탈에 서다』의 현태, 동호, 윤구와 포괄적인 의미에서 동류항으로 묶을 수 있다. 준태가 우리 민족의 심리적 기조에 근거한 허무주의자라면, 현태는 가혹한 현실 상황에 반발하는 허무주의자다. 성호가 진실된 기독교적 사랑의 실천을 추구하는 이상주의자라면, 동호는 인간의 순수성과 존엄성을 지향하는 이상주의자다. 민구가 인간 본성으로서의 이기심을 따라가는 현실주의자일 때, 윤구는 혼란의 와중에서 물욕을 키워가는 현실주의자다. 이들의 이름 끝 자가 서로 일치되고 있음은, 작가의 작명법 취향에 대한 암시일 수도 있을 것이다. 현대적 교양과 세련미를 가진 여성으로서 『일월』의 나미와 『신들의 주사위』의 세미도 이와 유사한 경우다.

1976년 3월 문학과지성사에서 간행된 단편집 『탈』은 50대 이후 작가의 내면세계를 보여주는 중요한 작품집이다. 모두 21편의 단편이 수록된 이 책은 김승옥의 장정과 연이어 문학과지성사 판 전집의 제자를 쓰게 되는 서희환의 제자로 만들어졌다. 작가는 나중에 그의 제자를 12폭 병풍으로 만들어 서재에 두고 있었다. 필자가 보기에 병풍은 어떤 명장(名匠)의 예술품보다 더 귀해 보였다. 문지 전집에서는 이 『탈』과 '기타'라는 제목으로 「그물을 거둔 자리」(1977) 및 「그림자풀이」(1984)라는 두 편의 단편을 합하여 한 권(제5권)으로 묶었다.

이 지점에까지 이른 황순원의 세계는, 한 단면으로부터 전체를 제시하는 제유법적 기교로부터 전면적인 작품의 의미망을 통하여 삶의 진실을 부각시키는 총체적 안목에 도달하는 과정이라 할 수 있겠다. 작은 시냇물의 물줄기에서 풍부한 수량으로 만조를 이룬 것 같은 이와 같은 독특한 경향이 한 사람의 작가에게서 순차적으로 진행되고 있음은 보기 드문 경우이며, 그 시간상의 전말이 한국 현대문학사와 함께했음을 감안할 때 우리는 황순원의 소설 미학을 통해 우리 문학이 마련하고 있는 하나의 독보적 성과를 확인할 수 있는 것이다.

『탈』은 1965년에서 1975년까지 11년간에 걸쳐 쓰인 작품 모음이며 그 가운데서 직접적으로 노년이나 죽음의 문제를 다루고 있는 작품이 열다섯 편, 소재로서 이러한 요소가 내포된 작품이 다섯 편, 단지 한 편(「이날의 지각」)만이 이 문제와 거리가 있다. 이와 같은 빈도는 이순의 세계 전망을 드러내기까지 10년여를 지탱해 온 작가의 관심과 인식이, 얼마만큼의 넓이와 깊이로 삶의 근원적이고 본질적인 뿌리를 투시하고 있는가를 예시하는 언표9라고 보아도 무방할 것이다.

---

9 언표(言表): 말로 나타낸 바.

1-5. 내포적 자유에의 추구와 완결의 미학

(1977~2000)

어느 누구라도 시인이라기보다 소설가라고 알고 있는 가운데 그동안 간헐적으로 시를 쓰고 또 발표해 온 황순원은, 1977년 3월 《한국문학》에 시 「돌」, 「늙는다는 것」, 「고열로 앓으며」, 「겨울 풍경」 등을 발표하면서 다시금 시의 창작에 경도되는 성향을 보인다. 이에 대해서는 여러 가지 설명이 부가될 수 있겠으나 그중 간과할 수 없는 하나는, 시-단편-장편의 발전 단계를 거쳐 온 황순원이 암시적이고 함축적인 시편들, 그 언어의 절약과 여백의 활용을 통해서 자신의 삶과 문학을 정리하고 완결한다는 의미일 터이다.

그 초입에 해당하는 1977년에 재미있는 사건 하나가 있었다. 작가 홍성원과 함께 《서울신문》 신춘문예 심사를 하게 되었는데, 마지막으로 두 작품이 남아 홍 씨가 그에게 결정을 구했더니 그는 외려 홍 씨더러 골라 보라고 했다는 것이다. 그래서 군대 물과 뱃사람 얘기 중 기법상으로 더 우수해 보이는 후자를 추천했더니 동석했던 문화부장과 함께 이를 당선작으로 결정했다고 한다. 그런 연후에야 황순원은 군대 물을 쓴 이가 제자였음을 밝혔고 홍 씨는 그를 새삼 다시 인식했다는 것이다.

그때 결심에 올랐던 두 사람은 그 뒤로 계속 좋은 작품을 썼고 문단에 넓게 이름을 드러내었는데, 뱃사람 얘기가 곧 당선작이었던 손영목의 「이항선」이었고 군대 물을 쓴 이가 후에 『빙벽』을 쓰게 되는 고원정이었다. 1978년 2월, 황순원은 계간 《문학과 지성》 봄호에 마지막 장편 『신들의 주사위』를 연재하기 시작한다. 1980년에는 23년 6개월 동안 재직하던 경희대 교수를 정년퇴임하고 명예교수로 취임했다. 이 무렵 필자는 대학에서 대학원으로 진학하면서 몇 친구들과 함께 특히 작가를 가까이 모시고 있었다.

그해 12월 문지 전집이 제1권과 제9권부터 낱권으로 발간되기 시작했을 때 경상도 지방 방언의 교정에 대한 구술 실증으로 곁에서 미력을 다하기도 했다. 「곡예사」에 나오는 아들들의 이름이 발표 당시와 다르게 개명되었으므로 그것을 맞추어 고치던 일이라든지, '제과점'이 나으냐 '베이커리'가 나으냐고 검토하던 일들을 지켜보던 기억이 지금도 생생하게 남아 있다. 그즈음 그의 주량은 두 홉들이 소주 한 병 반 정도였다. 술을 건강의 바로미터라고 생각하는 경향이 있었고, '주신은 밤에 발동한다'는 철학(?)으로 오후 다섯 시 이전에는 술을 시작하지 않았지만, 가끔 예외가 있었다. 야외에 나갔을 때나 즐기는 보신탕을 할 때가 그러했다. 아마도 그와 그 제자들이 소화한 구육(狗肉)을 합산한다면 만만찮은 더미가 될 터이다.

『신들의 주사위』는 문지 전집 제10권으로 1982년에 간행되었다. 『움직이는 성』이 탈고된 이후 6년 동안의 구상 끝에 집필되어 전기한 바와 같이 《문학과 지성》 1978년 봄에 그 첫 회가 발표되었다. 그러나 1980년 7월 신군부의 파워 시위로 인한 이 잡지의 정간으로 제3부 제2장에서 발표가 중단되었으나 작가는 집필을 계속했으며 《문학사상》 1981년 8월호부터 기왕의 발표분을 3회에 걸쳐 집중 분재한 다음 연재를 계속했다. 최종회가 발표된 것은 1982년 5월호였으며 이 작품은 4년 만에 완성되었다.

『움직이는 성』 이후 10년 만에 선보인 작가의 일곱 번째 장편소설인 이 작품은, 한국 농촌의 한 소읍과 한 중산층 가정을 중심으로 새로운 문물과 가치관의 유입을 보여주는 동시에 현대 사회의 교육, 공해, 통치 문제 등을 복합적인 시각으로 조명하였다. 이 소설의 서두는 "관계없다아, 관계없다아!"라는 고함소리, 두식 영감의 맏손자 한영이 자기 집 대문 밖에서 지르는 소리로 시작되는데, 작가는 사석에서 재종형 중에 실제로 그런 소리를 지른 이

가 있었으며 두식 영감도 맨 큰할아버지가 그 모델이라고
들려준 바 있다.

이 소설은 『움직이는 성』에서부터 확립된 해체의 구조와
조직성을 그보다 더욱 유연하게 운용하고 있다. 작가는 이
소설로 이듬해인 1983년 12월, 대한민국문학상 본상을 수
상했다. 1983년 3월 막내 진규 가족이 미국으로 이민을 가
고 난 후, 그 이듬해인 1984년 6월 22일부터 두 달 동안
부부 동반으로 미국의 딸네 부부와 함께 미국 중서부 지방
과 유럽의 영국, 프랑스, 스위스, 이탈리아, 오스트리아, 독
일, 벨기에 등지를 여행했다. 그 여행의 개인적인 감회야
우리가 다 짐작할 수 없는 일이로되, 그러한 연후의 시 「기
운다는 것」과 짧은 감상록 「말과 삶과 자유」를 통해 일단을
짐작해 볼 수는 있다.

그대여
그대의 시각에
나는 얼마나 기울어져 있는가
아무리 위태롭게 기울었다 해도
버텨 줄 생각일랑 제발 말아다오
쓰러질 것은 쓰러져야 하는 것

그저 보아다오

언제고 내 몸짓으로 쓰러지는 걸

　　　　　　　　　　　-「기운다는 것」부분

　로마에서 피사의 사탑을 바라보며, 이러한 결기를 다진 시인의 심사는, 1975년 용문사의 은행나무에서 그 잎의 무수한 흩어짐을 통해 장엄한 결미를 표상한 바 있는 단편 「나무와 돌, 그리고」의 의식 세계와 곧바로 소통된다. 범상한 경험 가운데 장엄한 것이 숨어 있고, 어떤 경우에라도 사람의 몸짓은 격에 맞는 것이어야, 하며 남은 날들을 그 의지와 신념대로 살아갈 것을 다짐하는 마음의 움직임이 시의 행간에 배어 있다. 기실 이러한 심정적 결기의 표현은 한 문인의 일생에 걸친 존재 증명을 보여주는 것이기도 하다.

　1985년부터 1988년까지 모두 여섯 차례에 걸쳐 발표된 단상 〈말과 삶과 자유〉는 수필 형식의 짧은 글들로서 지금껏 우리 문학에서 유례를 찾기 힘든 새로운 형식이었다. 거기에는 세계와 인간관계와 자연의 섭리와 신의 존재를 바라보는 심오한 생각의 깊이가 개재되어 있다. 그가 그 이후에도 8편의 시를 쓴 바 있지만 필자는 이를 그의 문학에 대한 완결성의 징표로 간주하고, 이 글의 부제에 그의 문학이 이른 끝막음으로 잡았던 것이다. 그렇게 그는 자신의 문학이 마감되는 모습을 그려보고 있었던 것 같다.

1985년에는 실향민인 그가 대범하게 넘길 수 없는 역사적 사건이 하나 있었다. 9월 20일부터 나흘간에 걸친 남북 이산가족 고향 방문 및 예술 공연단 151명의 서울, 평양 교환 방문이 그것이었다. 그중 이산가족 50명의 기초 선정 작업에 참여했던 필자는 직능 분야별 안배 기준에 따라 작가가 수락한다면 고향 방문을 가능하게 할 수 있으리라는 확신으로 의사를 타진해 보았다. 그랬더니 아마도 가족회의를 거쳐, 북한에 근친의 가족이 없을 뿐 아니라 보다 절박한 사람이 한 사람이라도 더 갈 수 있도록 사양한다는 간곡한 회보가 있었다. 생각해 보면 그것이 그가 평양을 방문할 수 있었던 마지막 기회였다.

1992년 일흔여덟 살 나던 해 9월에 그는 한 치의 흐트러짐도 없는 시상으로 「산책길에서 1」, 「죽음에 대하여」 등 8편의 시를 《현대문학》에 발표했다. 이것이 지금까지 그가 발표한 문학의 결미이며, 이로써 그는 시 104편, 단편 104편, 중편 1편, 장편 7편의 거대한 문학적 노적가리를 이루게 된 것이다. 그의 자연적 연령이 만 85세에 이른 2000년 9월 14일, 일생의 동반자인 부인과 함께 깊은 기독교 신앙에 진입하면서 정정하게 지내던 그는, 잠자리에 누운 모습으로 정갈하게 영면했다. 평소 "어떻게 죽을 것이냐 하는 문제는 곧 어떻게 살 것이냐 하는 문제다"라고 술회하던, 이 작가다운 인생의 마감이었다.

혹자는 역사적 사실주의의 시각에 근거하여 황순원의 전반적 문학이 서정성과 순수문학 속으로 초월해 버렸다고 비판하기도 한다. 그러나 그렇게만 말한다면 이는 단견의 소치이다. 황순원의 문학과 시대 현실과의 관계는 흥미로운 굴곡을 이루고 있다. 초기 단편에서는 작가 자신의 신변적 소재가 주류를 이루면서, 토속적 정서와 결부된 강렬하고 단출한 이미지가 부각되고 있다. 「목넘이마을의 개」를 전후한 단편에서부터 『나무들 비탈에 서다』까지의 장편에서는, 수난과 격변의 근대사가 작품의 배경으로 유입되어 현실의 구체적인 무게가 가장 크다.

장편 『일월』과 『움직이는 성』, 단편집 『탈』에서는 인간의 운명에 관한 철학적, 종교적 문제가 천착 되면서 시대 현실은 배제되고 있다. 그러나 『신들의 주사위』에 이르면 인간 존재에 대한 철학적 탐구는 그대로 지속되되, 한 지역사회가 변모해 가는 내면적 모습이 함께 그려진다. 이처럼 황순원의 소설들을 발표순에 따라 배열해 보면, 작품의 주제와 시대 현실 사이의 직접적인 상관성이 대체로 '무-유-무-유'의 순서로 나타난다. 이와 같은 굴곡은 이 작가가 시대 현실에 대한 인식을 위주로 소설을 써 온 것은 아니지만, 작품의 구조에 걸맞도록 시대 현실을 유입시키고 있음을 뜻한다고 할 수 있다.

처음의 세 단계는 신변적 소재-사회적 소재-철학적 소재로 작품 성향이 변화하는 양상을 말해 주는 것이며, 마지막 단계에서는 시대 현실을 다루는 작가의 복합적 관점을 느끼게 하는 것으로 삶의 현장에 대한 관조적인 시야가 없이는 어려울 것으로 보인다. 그렇기에 작품 활동의 후반기를 오면서 그의 세계는 인간의 운명과 존재에 대한 깊은 성찰에 도달하고 있다는 사실에 유의할 필요가 있겠다. 동시에 황순원의 문학은 인간의 정신적 아름다움과 순수성, 인간의 고귀함과 존엄성을 존중하는 바탕 위에서 출발했고 이를 흔들림 없이 끝까지 지켰다.

그가 일제하에서 침묵을 지키면서도 읽히지도 출간되지도 않는 작품을 은밀하게 쓰면서 모국어를 지킨 일도 이러한 상황과 무관하지 않을 것이다. 그는 언젠가 춘원 이광수에게 작품을 보냈더니 큰 격려의 말과 함께 앞으로 국어, 즉 일본어로 글을 쓰라고 하면서 말미에 향산광랑(香山光郎)

이라 적었더라고 들려준 적이 있다. 대부분 그의 작품이 배경으로 되어 있는 상황의 가열함10 속에서도 진실된 인간성의 회복을 위한 암중모색을 잊지 않고 있는 것은 그 때문이며, 문학사에서 그를 낭만적 휴머니스트로 기록하고 있는 것도 그 때문일 것이다.

　말년의 그는 노쇠한 가운데서도 건강했으며, 특히 깊은 기독교 신앙의 경지에 진입해 있었다. 그가 일찍이 『일월』이나 『움직이는 성』에서 다각적이고 입체적으로 검색해보던 생명 현상의 문제를 체득하면서, 신앙이 깊은 부인의 동반하는 힘으로 또 하나의 말로 설명할 수 없는 세계를 바라보며 동시에 체험했던 것 같다. 하나의 완결된 자기 세계를 풍성하고 밀도 있게 제작함으로써 깊은 감동을 남긴 황순원의 작품들은, 한국 문학사에 의미 있고 독특하고 돌올(突兀)한 한 봉우리를 형성하고 있다. 그것은 또한 근대사의 질곡과 부침을 겪어 오는 가운데서도 뿌리 깊은 거목처럼 남아 있는 이 작가에게 우리가 보내는 신뢰의 다른 이름이요 형상이기도 하다.

---

10 가열함(苛烈—): 가혹하고 격렬함.

2. 한국문학의 큰 나무와 그 그늘

- 타계 22주년에 다시 보는 황순원 문학

2-1. 이 작가가 우리에게 소중한 까닭

한국 현대문학의 정상을 지킨 큰 나무이자 그 삶의 모범으로 인하여 작가 정신의 사표로 불리던 황순원 선생이 2000년 9월 향년 86세를 일기로 세상을 떠났을 때, 수를 다한 호상이긴 했으나 필자와 같은 직계 제자들은 그 부음 앞에 정신이 아득하기만 했었다. 오랫동안 글을 써 온 작가라고 해서 반드시 훌륭한 작품을 남기는 것은 아니다. 그러나 지속적 시간을 바탕으로 하고 있는 문학은 그렇지 않은 경우에 비추어 더 넓고 깊은 세계를 이룰 가능성을 안고 있다. 서구문학에서 괴테를 통하여 그 좋은 전범을 발견할 수 있거니와, 우리 문학에서는 황순원을 일컬어 그와 같은 사례에 해당되는 작가라 할 수 있겠다.

해방 50년을 넘긴 우리 문단에는 많은 작가가 활발하게 창작활동을 하고 있지만, 평생을 소설과 함께 해왔고 그 결과로 '노년의 문학'이라 호명할 만한, 노년에 이른 원숙한 세계관을 작품으로 형상화할 시간적 간격을 획득한 작가는 그리 많지 않았던 것이다. 오염과 격변의 근대사를 거치는 동안 우리에게는 그 '지속적 시간'이 쉽사리 마련되지 않았기 때문이다. 황순원이 우리에게 소중한 작가인 것은, 이러한 시대적 난류 속에서 흔들림 없이 자기 자리를 지키면서 순수성과 완결성의 문학을 가꾸어 왔고 그처럼 축적된 세월의 중량이 작품 속에 느껴지고 있음이 주요한 몫을 차지한다.

장편소설로 만조11를 이룬 황순원의 문학을 거슬러 올라가 보면, 시에서 출발하여 단편소설의 세계를 거쳐 온 확대 변화의 과정을 볼 수 있다. 그의 소설 가운데 움직이고 있는 인물들이나 구성기법 및 주제 의식도 작품 활동의 후반기로 오면서 점차 다변화되는 경향을 보인다. 여러 주인공의 등장, 그물망처럼 얼기설기한 이야기의 진행, 세계를 보는 다각적인 시선 등이 그러한 경향의 서술부로 나타난다. 하지만 그와 같은 다변화는 견고한 조직성을 동반하고 있

---

11 만조(滿潮): 조수의 간만에 의해 바닷물이 가장 꽉 차게 들어왔을 때의 밀물.

으며 작품 내부의 여러 요소가 직조물의 정교한 이음매처럼 짜여서 한 편의 소설을 생산하는 데 이른다.

이러한 작법의 변화는 한 단면으로 전체를 제시하는 제유법적 기교로부터 전면적인 작품의 의미망을 통하여 삶의 진실을 부각하는 총체적 안목에 도달하는 과정을 드러낸다. 우리가 일찍이 「소나기」나 「학」에서 만났던 순수한 서정성의 세계와 『움직이는 성』 그리고 『신들의 주사위』에서 만났던 다면성의 서사 세계 사이의 상거는 곧 그와 같은 과정의 구체적인 모습에 해당한다. 지속적 시간과 함께하는 문학이라는 소중한 창작 유형과, 순차적 확대 변화의 과정이라는 독특한 발전양상이 한 사람의 작가에게서 동시에 진행되고 있음은 보기 드문 경우다. 그리고 그 시간상의 전말이 한국 현대문학사와 함께했음을 감안할 때, 우리는 황순원의 소설 미학을 통해 우리 문학이 마련하고 있는 하나의 독창적 성과를 확인할 수 있다.

2-2. 맑은 인품과 그것이 반영된 작품

　모든 문학 하는 청·장년의 연령층들이 다 그러하겠지만, 필자가 '황순원'이란 이름 석 자와 마주친 것은 중학교 때의 교과서에 실린 「소나기」의 지은이로서였다. 어린 소견에도 어쩌면 그렇게 아름답고 정갈한 이야기가 있을 수 있는지, 그 작가는 도대체 얼마나 아득한 먼 거리에 있는 사람인지, 그러한 분과 접촉할 수 있다면 그것이 얼마나 대단한 일인지 알 수 없겠다는 상념이 분분했었다. 나중에 황순원 문학 연구자로서 알고 보니 「소나기」나 「학」은 그저 주어진 문학적 성과가 아니었으며, 단편소설에서 장편소설로 넘어가는 대목에 이르러 황순원의 원숙한 창작 기량이 당대 문학은 물론 작가 자신의 작품 세계에 있어서도 그 천장한 부분을 치고 있었던 것이다.

　그 황순원 선생을 그분인 줄도 모르는 채 필자는 입학시험 면접에서 처음 만났다. 그날 이후로 그분의 소설을 읽어오면서, 또 이 글을 쓰는 순간까지, 필자로서는 황순원이란 큰 이름과의 거리 좁히기를 계속해 온 셈이었다. 그러므로 이 글도 필경은 그 일의 일부에 해당될 수밖에 없겠다. 강의실에서의 황순원 선생은 빛나는 지성과 날카로운 논리로 문학을 가르치는 교술자가 아니었다. 늘 언어를 다루고 언어와 더불어 일상생활을 함께하는 작가이면서도 그 말씀은 태깔이 현란하지 않았고 여울목의 물살처럼 빠르지도 않았다. 언제나 앞뒤 순서를 보아가며 차근차근 말의 걸음을 옮겨 놓았고, 어조가 부드러웠으나 어떤 평가 또는 판단을 내려야 할 때는 단호한 결의가 겉으로 배어 나오곤 했다.

그분이 스승으로서 그 자리에 있다는 사실만으로도 제자들의 문학적 분위기가 한껏 고조될 수 있었으니 한국 문단에 응당한 이름을 얻은 제자 작가군을 그 증빙으로 내세울 수 있겠다. 전상국, 김용성, 조해일, 조세희, 한수산, 정호승, 이유범, 고원정, 김형경, 이혜경 등의 작가들 가운데 이 정동적12 논의에 반대 의사를 가진 이는 아마 한 사람도 없을 것이다. 필자가 기억하는바 황순원 선생과 관련된 일화는 너무도 많이 있지만, 그 사실과 사건들의 공통점을 들자면 모두가 그분의 합리적이고 균형 잡힌 사고나 따뜻하고 순후한 인간애를 드러내고 있다는 점이다.

이러한 면모는 작품세계 가운데서도 곳곳에서 발견되는

---

12 정동적(情動的): 갑자기 일어나는 노여움, 두려움, 기쁨, 슬픔 따위의 급격한 감정.

것으로, 대표적인 예를 들자면 먼저 세상을 떠난 친구 원응서와의 교감을 그린 「마지막 잔」을 지목할 수 있겠다. 선생은 주석에서 친구에 대한 기억을 되살리면서 꼭 병 바닥의 마지막 잔술을 탁자 옆 허공이나 퇴주 그릇에 부었는데, 그것을 아는 제자들은 덩달아 그 '법칙'을 지켜가며 숙연해하곤 했다. 이러한 측면들이 주위에 있는 사람들로 하여금 아무에게도 못한 비밀스러운 말을 선생께는 다 털어놓을 수 있겠다는 주관적인 친숙감을 갖게 했던 것 같다.

그러나 실제로 그와 같은 기회는 임의로운 것이 아니었으며 글을 쓰는 제자들은 자신의 글을 통하여 그 깊숙한 정신적 사고와 운동 범주를 표현해 보기도 했던 것이다. 문학 속에 인간의 본원에 대한 깊은 사랑과 인간의 영혼이 겪는 아픔을 치유하는 의지가 있어야 한다면 그런 문학은 바로 황순원 작품세계의 핵심과 소통된다. 그의 소설을 읽는 독자는 좋은 작가 이전에 좋은 인품을 먼저 만날 수 있는 행복을 누리는 셈이다. 맑은 품성의 작가와 인간에 대한 애정을 담은 작품이 만났을 때의 동반 상승효과가 거기에 있다.

2-3. 창작의 뒤안길에 숨은 이야기들

선생이 타계하신 후 한동안 도하 각 일간지의 지면에 그 삶과 문학에 대한 기사가 큰 부피로 장식되더니, 계속해서 월·계간 문예지들이 여러모로 예를 갖추어 황순원 특집을 마련해 내놓곤 했었다. 선생에 관한 그 특집들의 문면을 살펴보면서, 필자는 어쩌면 지금 해 두지 않으면 영원히 묻혀버릴지도 모르는 몇 가지 언급을 내놓는 것이 좋겠다는 생각을 했다. 문단 일각에서 '국민단편'이라고까지 부르는 작품 「소나기」에 대해서, 많은 분이 작가의 직접 체험이 반영된 것 아니냐는 호사가적 관심을 가졌다.

이에 대한 선생의 답변은 한결같았다. 작가는 어떤 형태로든 자신의 체험을 형상화한다고 응대할 뿐, 그것이 직접체험인지 간접 체험인지는 밝히지 않았다. 그것은 선생의 문학관이요 철학이었다. 작가는 오직 작품으로만 말한다! 다만 소나기의 그 빼어난 결미에 관해서는 선생께 들은 말씀이 있다. 원래의 원고에서 소년이 신음 소리를 내며 돌아눕는다는 끝 문장 네 개가 있었는데, 절친한 친구 원응서 선생이 그것은 사족이니 빼는 것이 좋겠다고 권유했다는 것이다. 이러한 사정은 「목넘이마을의 개」에서도 유사했던

것으로 알고 있다. 그렇게 선생은 좋은 친구요 좋은 독자를
가진 복을 누렸다.

프랑스에서 선생의 대표작을 다이제스트해서 출판하겠
으니, 필자에게 간략한 해설을 써 달라는 청탁이 왔었다.
대표작? 글쎄, 선생의 대표작을 선정하기가 쉽지 않았다.
이분은 「소나기」 같은 단편을 대표작으로 거론하는 것을
매우 언짢아하셨다. 당신은 스스로 시에서 출발하여 단편
의 세계를 거쳐 장편으로 일가를 이룬 작가라는 생각을 가
지고 계셨다. 장편 중에서도 『일월』과 『움직이는 성』으로
압축해 놓고 선생께 의견을 여쭈었더니, '김군'이 정하라는
말씀이셨다. 여러 생각 끝에 필자는 이 두 편을 함께 대표
작으로 추천해 보냈다.

기실 이 두 작품의 작중인물 연구는 필자의 석사학위 논
문이었고, 심사위원장이셨던 선생께 작품에 관한 질문을
던졌던 적이 있다. 백정의 가계를 가진 인철의 가문이 이미
신분 상승이 된 이후인데 왜 그렇게 과거가 문제 되느냐고
여쭈었다. 선생은 작가는 원래 이런 종류의 질문에 대답하
지 않지만, '김군'에게 특별히 말하는 바이다, 신분 상승을
이루었기 때문에 과거가 문제 되는 것이다라고 간략히 말
씀하셨다. 복잡한 질문에 짧고 명쾌한 답변, 필자는 이를

흔연히 수긍할 수 있었다.

선생께서 홀연 타계하시고 장례를 준비하는 동안 이를 사회장으로 확대하자, 생전에 23년 6개월을 봉직하신 경희대학을 들러 장지로 가자는 등 여러 논의가 있었다. 그러나 유족들의 기준은 '아버님이라면 어떻게 하셨을까'였고, 결국 가장 조촐하고 품위 있는, 가장 소박하면서도 그 뜻으로 인해 가장 화려한 영결식을 치렀다. 그렇게 한 시대 문학의 거인은 거인답게 가신 것이다. 노년에 이르러 평상시에 말씀하시기를, 세상을 떠날 때 가족이나 가까운 분들에게 폐 끼치지 않겠다는 소망으로 기도한다고 하셨다. 그 기도는 응답 되었다.

2-4. 가문·생애와 황순원 문학의 개화

선생은 일제 병탄의 초엽인 1915년 3월, 평양 부근의 평남 대동군 재경면 빙장리에서 출생했다. 황씨 가문은 조선 초기 저 유명한 황희(黃喜) 정승의 후예로서 향리에서 누대에 걸친 명문이었고 조부 황연기(黃鍊基) 공이 조선의 참봉을 지냈으니 만약 지금이 조선 시대라면 선생은 큰 갓에 도포를 입고 다녔을 법하였다. 조선의 영조 때 평양에 '황고집'이라는 유명한 효자가 있었고 그의 조상 공경과 강직 결백함은 이름이 높아 이홍식 편 《국사대사전》에까지 올라 있는데, 이 '황고집' 또는 이를 호로 딴 집암(執庵), 곧 본명이 순승(順承)인 분이 선생의 8대 방조다.

30여 년에 걸쳐 지속적으로 변화하고 승급하면서도 순수문학과 미학주의를 지향하는 그 전열을 흩트리지 아니한 황순원 작품세계의 본질을 구명함에 있어, 우리는 이와 같은 황고집 가문의 기질과 음덕이 밑바탕에 잠복해 있음을 간과할 수 없는 것이다. 열다섯 살 나던 1929년, 선생은 정주의 오산중학교에 입학했다. 건강 때문에 다시 평양의 숭실중학교로 전학하기까지 한 학기를 정주에서 보냈다. 이 무렵 선생은 거기서 교장을 지낸 남강 이승훈 선생을 보고 '남자라는 것은 저렇게 늙을수록 아름다워질 수도 있는 것이로구나'하는 느낌을 얻었다고 술회했다는 것은 앞에서의 언급과 같다.

나이에 비추어 관찰력과 생각의 깊이가 이미 범상하지 않았다는 증거일 터이며, 단편 「아버지」에서 남강의 이러한 기품을 부친에게서 발견했다고 적고 있는 것 또한 그와 같다. 부친은 3·1운동이 일어나던 해, 곧 선생이 다섯 살이던 해에 평양 숭덕학교 고등과 교사로 재직 중이었으며 태극기와 독립선언서 평양 시내 배포 책임자로 일경에 체포되었다. 그리하여 부친은 1년 6개월의 실형을 선고받고 감옥살이를 했다. 선생이 그러한 말씀을 하실 때면, 제자들이 선생을 바라보면서 자연히 선생도 늙어가면서 아름다워지는 남자라는 생각을 하곤 했다.

숭실중학교에 재학 중이던 1930년, 이팔청춘의 나이에 드디어 선생은 시를 쓰기 시작했다. 그로부터 시인에서 출발하여 단편소설 작가로 자기를 확립하고, 다시 장편소설 작가로 발전해 간 이력을 보여준다. 1931년 7월 처녀 시 「나의 꿈」을, 9월에 「아들아 무서워 말라」를 《동광》에 발표하기 시작한 이래, 와세다 대학 영문과에 재학 중이던 1936년까지 선생은 시집 『방가』와 『골동품』에 묶인 두 권

분량의 시를 썼다. 선생은 두 번째 시집 『방가』를 낸 이듬해인 1937년부터 소설을 발표하기 시작했다.

선생의 첫 소설 작품은 1937년 7월 『창작』 제3집에 발표된 「거리의 부사」였다. 소설을 쓰기 시작한 지 3년만인 1940년 『황순원 단편집』이 첫 작품집으로 간행되었고 이는 나중의 출간에서 『늪』으로 개제(改題)되었다. 1951년 두 번째 작품집 『기러기』를 간행하였는데 여기에 실린 대다수 작품은 1941년 태평양 전쟁 발발 이후 일제의 한글 말살 정책으로 발표되지도 못하고 그냥 되는 대로 석유 상자 밑이나 다락 구석에 틀어박혀 있을 수밖에 없었던 것들이었다. 월남 전의 선생은 평양 기림리의 집에서 술상을 가운데 놓고 절친한 친구 원응서에게 작품을 낭독해 주곤 했다. 당시 유일한 독자였던 것이다.

일제 말기의 어지럽고 뒤숭숭하던 시절을 피해 향리인 빙장리로 피신(避身)을 갔던 선생은, 계속해서 단편소설을 쓰면서 해방을 맞았다. 그러나 6·25동란이 나자 마침내 솔가13하여 경기도 광주로 피난했으며 1·4후퇴 때에는 다시

---

13 솔가(率家): 온 집안 식구를 데리고 가거나 데리고 옴.

부산으로 피난했다. 이 부산 망명 문인 시절 김동리, 손소희, 김말봉, 오영진, 허윤석 등과 교유하며 그 포화의 여진 속에서도 작품 창작을 계속해 나갔다. 선생의 부산 피난 시절에 관한 이야기는 단편 「곡예사」에 세밀하게 나타나 있고, 문인들이 모이던 부산 시내 '밀다원'에 관한 여러 문인의 회고 글에도 나온다.

서울로 올라와 서울고등학교 교사를 거쳐 선생은 1957년 경희대학 교수로 자리를 옮겼다. 또한 이 해에 예술원 회원에 피선되기도 했다. 선생의 생애에 있어 경희대학으로의 전직은 그 의미가 가볍지 않다. 이때부터 정년퇴임을 하는 날까지 23년 6개월 동안, 단 하나의 보직도 갖지 않은 채 그야말로 평교수로서 초연히 살아오면서, 전체 작품 가운데 3분의 2에 해당하는 단편과 『잃어버린 사람들』『나무들 비탈에 서다』『일월』『움직이는 성』『신들의 주사위』 등 주요한 장편들을 집필하였다.

뿐만 아니라 서두에서 언급한 바와 같이 김광섭, 주요섭, 김진수, 조병화, 서정범 등 쟁쟁한 문인 교수들과 더불어 활기찬 창작열을 북돋워 많은 문인 제자들을 생산한 시기이기도 했다. 선생은 소설 이외의 잡문을 쓰지 않기로 유명하다. '작가는 작품으로 말한다'는 신념에서다. 그 신념으로 황순원 문학은 1992년 9월 일흔여덟 노경에 한 치의 흐트러짐도 없는 시상으로 「산책길에서·1」 등 여덟 편의 시를 발표하는 데까지 달려갔다. 말년의 선생은 함축적 의미를 가진 단편과 시를 쓰면서 그 문학적 역정(歷程)을 마무리했다.

2-5. 황순원 문학의 기림과 새로운 꿈

바로 그 한국문학의 원로요 이 시대 작가정신의 사표[14] 였던 황순원 선생이 2000년에 가시고 뒤이어 시에 있어서 그와 같은 중량을 지녔던 미당 서정주 선생마저 가셨으니, 그 무렵 몇 해는 정녕 문학사의 큰 산맥들이 유명(幽明)을 달리하며 굽이친 시기였다. 그동안《중앙일보》에서 '황순원문학상'과 '미당문학상'을 제정하여 매년 수상자를 내고 그 문학에 대한 학문적 조명도 활발해지던 시기에, 때마침 양평군과 경희대학교가 손잡고 황순원 문학을 기리는 '황순원문학촌 소나기마을'을 시작하게 되었으니 감개가 깊고 무량하지 않을 수 없었다.

여러 가지 이유로《중앙일보》의 이 두 상은 없어지고 대신 소나기마을의 '소나기마을문학상'이 '황순원문학상'으로 개칭되어, 해마다 작가상·시인상·신진상·연구상 그리고 양평문인상을 시상하고 있다. 이 글을 통하여 필자는 황순원 문학이 가진 문학사적 의의를 다시금 되새기는 한편, 앞

---

14 사표(師表): 학식과 덕행이 높아 세상 사람의 모범이 될 만한 사람.

으로 국민적 사표로서의 부피와 중량을 가진 이 작가를 '양평'이라는 공간 환경과 더불어 어떻게 진술해 나갈 것인가라는 그 방향성에 진일보의 '집중'이 잡힐 수 있기를 기대해 본다.

  그것은 단순히 한 작가를 추모하고 본받는다는 정신적 차원에 머무는 것이 아니다. 우리가 어떻게 그를 동시대의 일상적 생활 가운데서 만나고 그 작품세계를 향유하며 더 나아가 후대를 위한 값진 경계로 삼을 것이냐는, 보다 구체적이고 실천적인 시각을 필요로 한다. 그러한 형국에 있어서 소나기마을의 운영과 행사 및 사업들이, 황순원 문학을 범국민적으로 수용되도록 하는 하나의 시발점이요 그것을 위한 '선언'이 될 수 있기를 소망한다. "네 시작은 미약하였으나 네 나중은 심히 창대하리라"(욥8:7)는 믿음도 또한 여기에 걸어두고자 한다.

3. 순수와 절제의 미학

– 황순원의 작품 세계

3-1. 순수성과 완결성의 미학, 그 소설적 발현

황순원의 첫 작품집에 해당하는 시집 『방가』와 뒤이은 시집 『골동품』에 나타난 시적 정서는 초기 단편에 그대로 이어져서, 신변적 소재를 중심으로 하는 주정적(主情的) 세계를 보여준다. 이 시기의 작품들은 삶의 현장과 직접적으로 관련되어 있지 않은데, 이는 아마도 '암흑기의 현실적인 제약과 타협하지도 맞서지도 않았기 때문'일 것이다. 상실과 말소의 시대를 지나온 이러한 자리 지킴은 그에게 후일의 문학적 성숙을 예비하는 서장으로 남아 있다.

『곡예사』와 『학』 등의 단편집을 거쳐 『카인의 후예』나 『나무들 비탈에 서다』와 같은 장편소설로 넘어오면서 황순원은 격동의 역사, 곧 6·25동란을 작품의 배경으로 유입한다. 삶의 첨예한 단면을 부각하는 단편과 그 전면적인 추구의 자리에 서는 장편의 양식적 특성을 고려할 때, 그와 같이 굵은 줄거리를 수용할 수 있는 용기(容器)의 교체는 납득할 만한 일이다.

그러면서도 여전히 절제되고 간결한 문장, 서정적 이미지와 지적 세련의 분위기를 유지하고 있는데, 장편소설에서 그것이 가능하고 또 작품의 중심 과제와 무리 없이 조응하고 있다는 데서 작가의 특정한 역량을 짐작할 수 있다. 그는 산문적, 서사적 서술보다 우리의 정서 속에 익은 인물이나 사물의 단출한 이미지를 표출함으로써 소설의 정황을 암시적으로 드러내 보인다. 이러한 묘사적 작풍(作風)이 단편의 특징을 장편 속에 접맥시켜 놓고도 서투르지 않게 하고 오히려 단단한 문학적 각질이 되어 작품의 예술성을 보호한다.

대표적 장편이라 호명할 수 있는 『일월』과 『움직이는 성』에 이르러 황순원은 인간 존재에 대한 철학적 성찰을 깊이 있게 전개하며, 그 이후의 단편집 『탈』과 장편 『신들의 주사위』에 도달하면 관조적 시선으로 삶의 여러 절목을 조망하면서 그때까지 한국 문학사에서 흔치 않은, 이른바 '노년의 문학'을 가능하게 한다. 천이두는 이를 '단순히 노년기의 작가가 생산했다는 의미가 아니라 노년기의 작가에게서만 느낄 수 있는 독특하고 원숙한 분위기의 문학'이라는 적절한 설명으로 풀이한 바 있다.

황순원의 작품들은, 소설이 전지적 설명이 없이도 작가에 의해 인격이 부여된 구체적 개인을 통해 말하기, 즉 인물의 형상화를 통해 깊이 있는 감동의 바닥으로 독자를 이끌 수 있음을 잘 보여준다. 그러할 때 그에 의해 제작된 인물들은 따뜻한 감성과 인본주의의 소유자이며 끝까지 인간답기를 포기하지 않는 성격적 특성을 가지고 있다. 인간과 문학 본유의 순수성, 그리고 도덕적 완전주의와 완결성의 미학을 추구하는데 작가 황순원의 일생이 소요된 셈이다.

3-2. 단단한 서정성, 또는 시대 현상의 선별적 수용
- 단편들의 세계

맑고 슬프고 아름다운 단편, 「별」

「별」은 1940년 일제 말기에 씌어진 짧은 단편이다. 첫 창작집 『늪』에서 『목넘이마을의 개』 이전까지의 단편 14편이 『기러기』(명세당, 1951)에 실려 있는데, 이들은 해방 직전 가장 암울했던 시기의 작품이다. 그 가운데 「별」과 「그늘」만이 해방 이전에 발표되었고 여기 수록한 「별」은 『인문평론』(1941. 2)에 실렸다. 작가는 「책 머리에」에서, "밤에나 나오는 별과 빛을 등진 그늘이 먼저 햇빛을 보았다는 건 어떤 비꼬인 사실"이라고 적었다. 사정이 그러한 만큼 「별」 부근에는 시대사의 행방을 탐색하는 작가 정신은 작동되기 어려웠다. 대신에 죽은 어머니와 그 어머니를 닮은, 시집가서 죽은 누이를 응대하는 한 아이의 내면 풍경을 절실한 깊이로 그려내고 있다.

이 아이를 통하여 인간의 심성과 인간애의 깊이 있는 바닥을 역설적 행위 유형으로 두드려 볼 때, 우리는 그 작은 감정의 그루터기들이 발양 하는 감응력을 손끝을 바늘에 찔리듯 예민하게 받아들이게 된다. 아이는 죽은 어머니와 못생긴 누이가 닮아서는 안 된다는 자기 암시를 전개하여, 의붓어머니 아래 사는 동복누이를 구박한다. 여전히 동생을 어머니처럼 감싸는 누이와 성정이 나쁘지 않은 의붓어머니, 가부장적 성격의 아버지는 우리 전통사회의 삶의 구도를 보여주면서 동시에 아이의 '비꼬인' 반응 양상을 익숙한 인식의 지평 위에 올려놓게 하는 배경적 장치들이다.

마침내 죽은 어머니와 누이는 아이의 두 눈에 어리는 눈물에 이르러 하늘에서 내려온 별이 되지만, 아이는 이 자생적 의식마저 거부하려 한다. 이러한 역방향의 주제표출에 이른 작품구조는, 오히려 이 소설에 대한 우리의 공감을 한결 웅숭깊은 자리로 이끈다. 그러기에 「별」은 어머니와 누이의 슬픈 부재 앞에 별빛같이 맑은 눈물을 짓는 아이의 이야기에 그치지 않고, 우리가 잊어버리고 있었던 동심의 날에 우리가 점유하며 살았던 그 자리의 표식으로 되살아나는 소설이다.

「목넘이 마을의 개」, 환경조건을 넘어서는 생명력

1946년 5월에 월남한 황순원은 《개벽》, 《신천지》 등 여러 잡지에 단편들을 발표하기 시작했다. 이 작품들은 전란을 배경으로 가난하고 피폐한 삶, 당대의 혼란하고 무질서한 사회 등을 표출하고 있다. 이 무렵에 발표된 작품 일곱 편을 묶에 낸 단편집 『목넘이마을의 개』는 자전적 요소가 강하며 현실의 구체적인 무게가 크게 나타난다. 그것은 아마도 작가가 자신이 겪은 전란의 아픔과 비인간적인 면모를 함축해서 표현하고 있기 때문일 것이다. 「목넘이마을의 개」는 작가가 표제작으로 삼을 만큼 애정을 가진 작품이었던 것 같다. '목넘이마을'은 작가의 외가가 있던 평안남도 대동군 재경면 천서리를 가리키는 지명이다.

이 소설 역시 전지적 작가 시점으로 일관하고 있는데, 다른 작품들과는 달리 그 서술 시점이 더 효율적인 것은 주로 '신둥이'라는 흰색 개의 생태를 중심으로 이야기를 진행한다는 데에 있다. 나중에 단편집 『탈』에 이르러 「차라리 내 목을」이라는 단편에서는 작가가 말(馬)을 화자로 하여 역방향에서 사건의 깊은 내면을 부각함으로써 소설적 성공을 거두는 사례도 볼 수 있다.

이 작품에 등장하는 인간들, 예컨대 간난이 할아버지나 김선달, 또 큰 동장네 및 작은 동장네 같은 이들의 기능은 부차적인 수준에 그친다. 반면에 신둥이를 비롯하여 검둥이, 바둑이, 누렁이 등 여러 빛깔의 개들이 작가의 주된 관심 대상이며, 한 외진 마을에서 이 개들이 자기들끼리 또는 인간과의 관계를 통하여 생존, 번식, 화해와 같은 개념들을 구체적 실상으로 입증해 보이고 있다. 아마도 피난민들이 버리고 간 개인 듯한 신둥이가 이 마을에 남아 생명의 위험을 넘어 마침내 '누렁이가, 검둥이가, 바둑이가 섞여 있는' 한 배의 새끼를 낳게 된다는 것이 이야기의 전모이다.

과연 그러한 사실이 생물학적으로 가능하겠는가를 따진다면, 이는 소설의 기본적 담화 문맥을 잘 모르는 소치라고 할 수밖에 없다. 왜냐하면 작가는 이미 그러한 과학적 지식을 넘어서는 생명 현상의 절박함을 펼쳐 보였으며, 가장 비우호적인 환경조건 가운데서도 생존의 절대 명제와 그 법칙의 준수 및 보호에 관한 동조의 논리를 확보해 놓았기 때문이다. 그것은 혼탁한 세상 속에서 따뜻한 시각으로 생명의 외경스러움을 응대하는 작가의 태도를 반영하고 있기도 하다.

「독 짓는 늙은이」, 막다른 길에 이른 삶의 표정

　「독 짓는 늙은이」가 수록된 단편집 『기러기』는 1951년 명세당에서 간행되었다. 첫 단편집인 『늪』을 내놓은 이후 일제의 한글 말살 정책으로 인한 탄압 속에서 황순원은 '읽혀지지도 출간되지도 않는 작품'을 은밀하게 쓰면서, '그냥 되는대로 석유 상자 밑이나 다락 구석'에 숨겨두었던 것인데, 그러한 작품 열네 편이 『기러기』에 실려 있다. 이들 작품의 정확한 제작 연도는 해방을 앞두고 시대적 전망이 가장 어두웠던 4년간이었다.

　그러므로 해방 후 발표된 작품들을 묶은 『목넘이마을의 개』보다 출간 시기는 늦었으나 실제 집필 시기는 『늪』을 지나 황순원의 본격적인 창작활동이 시작되는 제2기의 것이 된다. 「독 짓는 늙은이」는 「산골 아이」, 「황노인」, 「별」 등과 함께 영어 또는 불어로 번역되어 해외에 널리 소개되기도 하였다. 또한 이 작품은 최하원 감독에 의해 1969년에 영화로 만들어졌고, 황해와 윤정희가 주연으로 나왔다. 윤정희는 이 영화로 아시아태평양영화제 여우주연상을 받았다.

　「독 짓는 늙은이」에 등장하는 인물들은 매우 단선적으로 그 성격이 정돈되어 있다. 옹기 독을 짓고 굽는 송 영감,

그의 어린 아들, 작품 속에 단 한 번도 등장하지 않는 '여드름 많던 조수'와 함께 도망간 아내, 그리고 흙 이기는 왱손이와 아이를 입양시켜 보내는 일을 맡은 앵두나무집 할머니 등이 그들인데 이 중 송 영감을 제외하고는 모두 평면적인 주변 인물의 역할에 그쳤다. 이 작품은 전지적 작가 시점에 의해 진행되고 있기는 하지만, 서술의 초점이 송 영감의 심정적 동향에 맞추어져 있고 그의 내포적 고통스러움을 드러내는 사소설적인 유형을 취하고 있다.

1인칭 소설이 아니며 송 영감의 입을 빌려 발화하지 않으면서도 그것이 가능하도록, 이 작품은 치밀하고 분석적인 서술의 행보를 유지하고 있다. 이와 같은 유형의 소설을 읽을 때 문제가 되는 것은 그 소설적 상황을 통하여 작가가 우리에게 제기하는 공명과 감응력의 깊이일 터이다. '집중 잡히지 않는 병'으로 막바지에 달한 송 영감이 도망간 아내를 증오하면서, 또 어린 아들을 남의 집으로 보내면서 보이는 반응의 양상이, 얼마만 한 강도로 우리의 감성을 흔들어 놓을 수 있느냐는 것이다.

그러한 목표를 달성하는 데 이 작품은 한 번도 극적인 사건이나 반전을 시도하지 않는다. 사소하고 단편적인 표정 및 몸짓과 같은 외관을 통하여, 그것들의 정연하고 차분한 조합을 통하여 소정의 기능을 감당하게 한다. 우리는 이 작품에서 삶의 마지막 길에서 인간이 겪을 수 있는 가장 극심한 내면적 고통과 대면하지 않으면 안 되는 한 개인을 만난다. 그에 대한 자연스럽고 심정적인 휴머니티의 발현, 그것이 이 소설이 요망하는 소득일 터이다. 이는 어쩌면 우리 가운데 누구나 당착할 수 있는 문제다.

「소나기」, 인간 본원의 순수성과 그 소중함

「소나기」는 짧은 단편이면서도 황순원 문학의 진수를 보여주는 작품이다. 어쩌면 단편 문학에서 그의 문학적 특징과 장점을 가장 확고하게 드러내고 있는 작품이라 할 수도 있겠다. 「소나기」가 실려 있는 단편집 『학』은 1956년 작가와 가까웠으며 이름 있는 화가 김환기의 장정으로 중앙문화사에서 간행되었다. 이 책에는 1953년에서 1955년 사이에 씌어진 단편 열네 편이 수록되어 있다.

전후의 시대상과 힘겨운 삶의 모습들, 그리고 그러한 와중에서도 휴머니즘의 온기를 잃지 않고 있는 등장인물들과 마주칠 수 있다. 「소나기」는 청순한 소년과 소녀의, 우리가 차마 '사랑'이라는 이름으로 부르기가 조심스러운, 그 애틋하고 미묘한 감정적 교류를 잘 쓸어 담고 있어 이 시기 작품세계의 극점에 섰다고 해야 옳겠다. 「소나기」는 「학」 「왕모래」 등과 함께 활발한 번역으로 영미 문단에 소개되었으며, 유의상이 번역한 「소나기」는 1959년 영국 《Encounter》지의 컨테스트에 입상, 게재되기도 했다.

이 작품의 중심인물은 시골 소년과 윤초시네 증손녀인 서울서 온 소녀이다. 이들은 개울가에서 만나 안면이 생기게 되고 벌판 건너편 산에까지 갔다가 소나기를 만난다. 몰락해 가는 집안의 병약한 후손인 소녀는 그 소나기로 인해 병이 덧나게 되고, 마침내 물이 불은 도랑물을 업혀서 건너면서 소년의 등에서 물이 옮은 스웨터를 그대로 입혀서 묻어 달라 말하고는 죽는다.

그런데 「소나기」에서 정작 중요한 것은 그와 같은 이야기의 줄거리가 아니다. 간결하면서도 정곡을 찌르는, 속도감 있는 묘사 중심의 문체가 우선 작품에 대한 신뢰를 움직일 수 없는 위치로 밀어 올린다. 정확한 단어의 선택과 그 단어들로 이루어진 문장이 읽는 이에게 먼저 속 깊은 감동을 선사할 수 있다는 범례를 우리는 여기서 볼 수 있다. 또한 이 작품은 단 한 차례도 글의 문면을 따라가는 이에게, 토속적이면서도 청신한 어조와 분위기 밖으로 나설 것을 강요하지 않는다.

기승전결로 잘 짜인 플롯의 순차적인 진행을 뒤따라가는 일만으로도, 문학이 영혼의 깊은 자리를 두드리는 감동의 매개체임을 실감케 한다. 작은 사건과 사건들, 그것을 감각하고 인식하는 소년과 소녀의 세미한 반응 등 작고 구체적인 부분들의 단단한 서정성과 표현의 완전주의가 이 소설을 가장 우수한 작품으로 떠받치는 힘이 된다.이미 익히 알려져서 구태여 부언할 필요가 없을지 모르나, 「소나기」의 결미는 황순원 아니 한국 단편 문학 사상 유례가 드문 탁발한 압권이다.

소녀의 죽음을 간접적으로 소년에게 전달하고 소년의 반응 자체를 생략해 버린 여백의 미학이 하루아침에 습득된 기량일 리 없다. 이러한 결미는 앞의 작품들에서도 유사하게 발견할 수 있는 바이다. 「소나기」를 통하여 우리는 인간이 내면적으로 본질적으로 얼마나 순수할 수 있는가, 그리고 그것이 얼마나 소중하고 값진 것인가를 손가락 끝을 바늘에 찔리듯 명료하게 알아차릴 수 있다. 그런 점에서 「소나기」 같은 작품, 황순원 같은 작가를 보유하고 있다는 사실이 곧 우리 문학의 행복이라 할 수 있겠다.

다른 단편들, 삶과 죽음의 문제에 관한 깊은 성찰

황순원 소설의 의미와 가치를 보다 심층적으로 살펴보기 위해 비교적 중점을 두어 분석해 본 「독 짓는 늙은이」, 「목넘이마을의 개」, 「소나기」 이외의 다른 단편들도, 한결같이 인간이 근원적으로 그 내부에 간직하고 있는 순수성과 그것의 소중함에 대한 소설적 형용을 보이고 있다. 그중에서 전쟁 직후인 1955년부터 1975년까지 20년에 걸쳐 쓴 작품 21편을 묶은 단편집 『탈』에 「소리 그림자」, 「마지막 잔」, 「나무와 돌, 그리고」가 실려 있다. 이 단편집의 전반적인 성격이 노년과 죽음의 문제에 관한 수준 있는 성찰을 보이고 있는 것인데, 여기 예거한 세 작품은 인간의 순수한 근원 심성과 삶 또는 죽음이라는 명제가 어떻게 대척적으로 맞서 있고 또 어떻게 그 조화롭게 악수하는가를 감동적으로 보여준다.

「소리 그림자」에서 한 어른의 무분별한 노기로 인하여 40 평생을 불구의 종지기로 살다가 죽은 어릴 적 친구의 그림에서 경건하도록 맑은 즐거움을 찾아낼 수 있을 때, 우리에게 다가오는 것은 종소리의 여운과도 같은 감동의 파문이다. 그것은 한없는 분노를 청량한 웃음으로 삭여낼 수 있다는 사실이 생경한 교훈에 의해서가 아니라 고통스러운 40년의 삶을 대가로 지불하고 체득한 용서의 표현으로 받아들여짐으로써 경험되는 감동이다.

　이러한 소설의 완결형이 보이는 깊이는 간결하게 절제되고 시적 감수성이 담긴 단단한 문체를 바탕으로 하고 있다. 그러할 때, 우리는 아득하게 먼 듯 보이는 삶과 죽음 사이의 거리가 불현듯 지척으로 좁혀짐을 느끼게 된다. 타계한 친구를 침묵으로 조상하는 실명 소설 「마지막 잔」은 이 거리를 한 잔 술로 넘고 있다. '병 밑의 술을 탁자 옆 허공에다 쏟아부음'으로써 망자와의 교감을 유지하는 화자의 행위는 청신하다. 이 소박한 의식을 통해 화자는 죽음이 우리에게 밀착된 삶의 동반자임을 말하고 있다.

　삶과 죽음의 거리를 술 한 잔으로 무화(無化)시키는 소설적 상황 구성은 결코 만만한 발견이 아니다. 초기 단편에서부터 주인공의 '떨림'을 안정시켜 온 술의 의미가 죽음의 중량을 감당할 만큼 진전된 것은, 황순원 소설의 문학성을 가늠해 볼 한 단서가 될 수 있으며 또한 이 작가의 세계관이 마련해놓은 시각의 원숙도와도 결부되어 있을 것이다. '마시는 군/ 음'과 같은 간략한 지문을 통해서도 화자와 친구의 관점이 동화됨은 어렵지 않다.

친구의 대사를 화자가 대신하거나 그 역으로 되어도 별로 거부감이 없을 만큼 두 사람의 거리는 근접되어 있다. 작품 속을 흐르고 있는 애절한 우의를 집약하여 망자를 대하고 있는 화자의 외로운 주석(酒席)은 초혼제의 제례에 필적할 만하다. 그리하여 그들이 지금까지 누려온 평교 간의 일상성이 시공을 초극하는 영혼의 교통으로 상승한다. 이 상승작용이 바로 산 자와 죽은 자의 공간적 간극을 넘어서게 하는 동력원으로 기능하고 있다.

역시 죽음의 문제를 다룬 단편 「뿌리」는 노추하고 보잘것없는 삶의 모래밭에서 사금(砂金)처럼 반짝거리는 진실의 축적을 예시하고 그 소재를 캐어낸 작품이다. 이 작가가 논거하고 있는 평범한 사람들의 죽음은 이처럼 조촐하지만 내면적 품격을 갖춘 것이며, 그것이 참으로 순수하고 자연스러울 때 「나무와 돌, 그리고」에서처럼 '장엄한 흩어짐'으로 표상되고 있다. 이 소설은 양평 용문사의 은행나무를 소재로 한다.

은행나무 잎이 산산이 흩뿌려지는 광경에서, 이 작품의 화자는 범상한 삶의 경험 가운데서 암시되는 장엄한 죽음의 모습을 본다. 화자는 '뭔가 속 깊은 즐거움에 젖어 한동안 나뭇가지를 떠날 수'가 없다. 그는 단순히 계절의 생명을 끝내는 은행나무 잎을 보고 있는 것이 아니라, 삶과 죽음이 상징적으로 통합되는 절체절명의 순간에 내면적 충일이 '황금빛 기둥'으로 극대화되는 환각을 체험하고 있다. 시 「기운다는 것」에서 '내 몸짓으로 스러지는 걸' 보아 달라고 하는 작가는, 삶과 죽음의 접점에서 그 몸짓이 격에 맞는 것일 때 '아무런 미련도 없는 장엄한' 모습으로 드러날 수 있음을 인식했던 것이다.

우리가 일생을 두고 추구하는 가치 있는 삶의 본질에 대한 소설적 수사학이 황순원에게 있다는 사실이 이 작가를 기리는 절실한 사유 중 하나가 될 것이다. 그 본질적인 것의 순수함과 아름다움에 대한 태도에 있어서, 그의 소설적 화자는 죽음과 대면하고서도 요동하지 않았다. 그러기에 우리는 그의 소설이 그 일생을 건 구도(求道)의 길이었음을 납득할 수 있고, 그의 소설에 기대어 우리 또한 소설적 인생론의 진수를 체험하는 터이다.

3-3. 전란의 상흔과 모순에 맞선 인간중심주의
– 초기 장편들의 세계

6·25 동란이 발발하기 넉 달 전인 1950년 2월, 황순원
은 첫 장편 『별과 같이 살다』를 정음사에서 간행했다.
1947년부터 「암콤」, 「곰」, 「곰녀」 등의 제목으로 이곳저곳
에 분재 되었던 것에 미발표분까지 합쳐서 묶은 이 소설은,
그 중간제목들이 말해주듯이 일제 말기에서부터 해방 직후
까지의 참담한 시대상을 통해 우리 민족의 수난사를 담으
려 했다. 그의 장편소설로서는 유일하게 '곰녀'라는 한 여
인을 주인공으로 설정하고 있기도 하다.

1953년 9월부터 황순원은 《문예》에 새 장편 『카인의 후
예』를 연재하기 시작했으며 우여곡절 끝에 집필을 완료하
고, 그다음 해인 1954년 중앙문화사에서 김환기의 장정으
로 단행본으로 상재 했다. 이는 1950년대 한국문학의 대표
작이 되었다. 또한 1955년 1월부터 장편 『인간접목』을
《새가정》에 1년간 연재하여 완결하였다. 발표 당시의 제목
은 '천사'였으나 1957년 10월 중앙문화사에서 단행본으로
출간할 때 오늘의 제목으로 개제(改題)하였다. 이는 작가가
30대 후반에 체험한 동란의 비극을 소설로 옮긴 것이며,

이 민족적인 아픔을 본격적인 장편 문학으로 수용한 한국 문학의 첫 6·25 장편소설로 일컬어진다.

황순원은 1960년 1월부터 전란의 문제를 다룬 또 하나의 중요한 장편 『나무들 비탈에 서다』를 《사상계》에 연재하기 시작하여 7월호에 완결하게 되는데, 이는 9월에 같은 출판사에서 단행본으로 상재되었다. 피카소의 그림을 표지화로 김기승의 글씨를 제자로 한 이 단행본에서는, 발표 당시 허무주의자 주인공 현태를 자포자기의 자살로 버려두었던 것을 일부 수정하여, 일말의 정신적 구원 가능성을 암시하는 것으로 바꾸어 놓는다.

이 작품은 작가에게 이듬해 예술원 상 수상을 가져다주었으나, 이 작품을 평한 백철과 더불어 작가의 의식과 시대상의 반영에 관한 두 차례의 유명한 논쟁을 촉발하게 한다. 이미 언급한 '작가는 작품으로 말한다'는 신념 아래 일체의 잡글을 쓰지 않으며 심지어 신문 연재소설도 끝까지 마다한 작가의 문학적 엄숙주의에 비추어 보면, 《한국일보》에 발표되었던 두 편의 논쟁문은 매우 특이한 사례에 속한다.

오늘날에 와서 우리가 이 논쟁을 다시 돌이켜볼 때, 다른 모든 소설적 가치들을 제외하고라도 작품의 총제적 완결성에 관한 한, 자기 세계를 치밀하고 일관되게 제작해온 작가의 반론을 무력화시킬 수 있는 어떠한 논리도 작성되기 어려웠으리라 짐작된다. 미상불 「비평에 앞서 이해를」(『한국일보』, 1960.12.15)과 「한 비평가의 정신자세-백철 씨의 소설 작법을 도로 반환함」(『한국일보』, 1960.12.21)이라는 제목만 일별해 보아도 그의 오연한 결의가 느껴지는 바 없지 않다.

전란의 시대를 관통해오면서 그 체험을 소설 문법으로 형용한 황순원은, 전란의 파고에 휩쓸리거나 그에 억압되어 소설을 쓴 작가가 아니었다. 험악한 시대를 깨어있는 정신으로 살아야 했던 그의 문학적 발화법은, 문학에 관한 자신의 분명한 인식과 판단을 중심 줄기로 하여 그 줄기에 전란의 여러 상황을 부가적 절목으로 편입시키고 있는 경우에 해당한다. 손창섭이나 장용학을 필두로 하여 전후에 급작스러운 빛을 발했던 많은 전후문학 작가들과 그가 구별되는 지점이 바로 여기일 터이다.

지금까지 살펴본 황순원의 작품세계, 그리고 생애사적 사건들과 전란과 관련된 작품 제작의 행보에 유의하면서, 여기에서는 전란의 문제를 생명에의 외경과 인본주의적 의식을 통해 조명한 『카인의 후예』를 살펴보려 한다. 이 작품이 어떤 환경조건에서 창작되었으며, 소설이 표방하는 메시지와 그것을 담고 있는 그릇으로서의 미학적 구조, 그리고 전란의 시대를 넘어온 우리의 삶에 던지는 감응력과 전파력이 무엇인가를 순차적으로 검증해 보기로 한다.

황순원의 첫 장편소설 『별과 같이 살다』가 간행된 것은 앞서 언급한 바와 같이 1950년이었으며, 여기서 주목의 대상으로 하는 『카인의 후예』는 동란 이듬해 1954년 12월에 간행되었다. 『카인의 후예』는 1953년 9월부터 《문예》에 연재하기 시작했으나 5회까지 연재하고 이 잡지의 폐간으로 중단됐으며 나머지 부분은 따로 써두었다가 함께 묶었다. 이 소설은 해방 직후 북한에서의 토지 개혁 및 지주 계급이 탄압받는 이야기가 하나의 중심축이 되어 있는데, 그런 만큼 황순원 가문의 자전적 요소들이 많이 내포되어 있으며, 그 일가가 월남할 수밖에 없었던 배경도 잘 내비치고 있다.

이 소설의 무대는 작가의 향리, 곧 평양에서 40리 떨어진 평남 대동군 재경면 빙장리다. 1950년대 한국문학의 대표작이 된 이 작품으로 작가는 이듬해 '아세아 자유문학상'을 수상하게 된다. 이 소설의 한 중심축은 앞서 언급한 토지 개혁과 지주 계급의 탄압에 관한 이야기이다. 이는 곧 작가의 현실 인식과 밀접한 관련을 맺는 것으로, 이를 먼저 살펴보는 것이 좋겠다. 이와 다른 또 하나의 중심축은 지주 계급 출신 지식인 청년 박훈과 마름의 딸 오작녀 사이의 교감과 사랑의 이야기인데, 이는 그다음에 살펴보겠다.

　북한에서의 토지 개혁은 1946년 3월 '북조선 토지 개혁에 관한 법령'이 공포되고 이를 추진하는 담당 조직으로 빈민과 농업 노동자로 구성된 1만 1,500여 개의 '농촌위원회'가 만들어지면서 본격화된다. 이 위원회의 주도하에 일본인, 민족 반역자, 5정보 이상을 소유한 대지주의 땅은 몰수되어 토지가 없거나 부족한 농민에게 가족 수에 따라 무상으로 분배되었다. 이 당시에는 개인 영농을 위주로 토지 분배가 이루어졌으며, 북한에서 토지에 대한 사회주의적 집단화가 이루어진 것은 6·25 동란 이후의 일이다.

　『카인의 후예』는 이와 같은 토지 개혁을 배경으로, 그 와중에 숱한 인간관계의 파탄과 고통을 겪고 있는 북한 사회를 사실적으로 그렸다. 그것이 단순히 역사적 사실을 그대로 반영한 기록이 아니라, 작가 자신의 가문을 바탕으로 생동하는 인물들의 이야기를 통해 축조되었다는 측면에서 문학적 특성과 장점을 반영하고 있다. 작품의 표제 '카인의 후예'는 두 가지 의미를 함께 끌어안고 있다. 카인은 성경에 기록된 인류 최초의 살인자이며 동시에 인류 최초의 곡물 경작자였다. 그러므로 카인의 후예는 곧 범죄와 농민이라는 중의법의 의미망을 함께 둘러쓴 이름이다.

북한의 농경 사회에 불어닥친 인간성 파괴의 현장, 작가는 그것을 일종의 범죄 행위라는 시각으로 본 것이다. 지주의 아들 박훈은 넉 달 동안 운영해 오던 야학을 예고 없이 접수당하는 일로부터 시작하여, 주변 인물들이 상황에 따라 변해 가는 모습을 목도하면서 끊임없는 불안감에 시달린다. 반면에 그의 주변에 있는 농민들은 토지 개혁에 관한 기대감과 죄의식을 동시에 갖고 있으면서 염량세태의 냉혹한 현실을 뒤따라간다.

　지주 계급 출신의 용제 영감, 부재지주 윤기풍 둥이 이 혼란기의 표적이 되고 박훈 역시 그러하다. 반면에 남이 아버지, 도섭 영감, 홍수 등 농민 위원장을 맡는 인물들은 이들을 타도하는 일의 선두에 서지 않으면 안 된다. 특히 박훈 집안의 마름이었던 도섭 영감은 자신이 살아남기 위해 악랄한 변신의 길을 가는데, 그 이용 가치가 다하자 냉정하게 버림받는다. 그의 딸 오작녀가 바로 박훈을 연모하는 여인이며, 박훈을 위기에서 구출한다는 데 이 소설의 구조적 묘미가 있다.

　이 소설을 통하여 우리는 북한의 토지 개혁에 관한 법령이나 사례집을 수십 번 읽는 것보다 더욱 쉽사리 문제의 본질을 파악할 수 있다. 작가의 역사의식과 현실 인식이 그것을 이야기 속에 담고 있기도 하거니와, 박훈과 오작녀의 사랑에 있어서도 그 전개 과정이 토지 개혁으로 인한 지주들의 수난사와 직접적으로 상관 되어 있는 것이다. 남녀 간에 이루어지는 어느 사랑인들 거기에 숨은 사연이나 정황이 없으랴마는, 한 시대의 의식 전반이 뒤바뀌는 혼란한 시기를 감당하고 있는 박훈과 오작녀의 사랑은 소극적이면서도 뜨겁고 의미심장하다.

작가는 이 유별난 사랑의 이야기를 남녀 간의 대등한 정분으로서가 아니라 여자가 남자를 한없이 감싸 안는 모성적 사랑으로 그렸다.박훈은 어려서부터 병약하고 무서움을 잘 느끼는 아이였으며, 지식인 청년으로 일제의 압박을 피해 고향으로 돌아와 있는 작중의 상황에서도 그러하다. 오작녀에 대한 감정을 겉으로 드러내지는 않지만, 그 열망은 때로 그의 꿈을 통해 나타나며 소설의 말미에 오작녀를 대동하고 월남하려는 시도를 통해 더욱 확연해진다. 이를테면 오작녀는 성장 과정에서부터 그에게 하나의 주박15과도 같은 존재였다.

---

15 주박(呪縛): 주문에 걸린 것과 같은 속박.

오작녀 역시 직접적인 사랑의 표현을 표출하는 유형이 아니다. 가슴 속의 사랑은 강렬한데 그것이 모여 몸 밖으로 탈출할 자리를 얻은 곳, 그것이 바로 오작녀의 '타는 듯한 눈'이다. 그 눈을 떠올리며 박훈은 약혼까지 할 뻔한 나무랄 데 없는 여자를 거부하기도 했던 것이다. '타는 듯한 눈', '불타는 눈', '언제나 눈꼬리가 없어 보이는 큰 눈'의 이미지는 박훈에게는 익숙한 도피처요 오작녀로서는 희생과 헌신의 표상이다.

그러니 이들의 내연(內燃)하는 사랑이 모성의 빛깔을 띠는 것은 당연하다. 시집을 갔던 오작녀가 끝까지 남편에게 가슴을 허락하지 않다가 쫓겨 오는 것은 이를 단적으로 말해준다. 한 남자에게 여자로서의 사랑보다 더 큰 어머니로서의 사랑을 공여하고 있으므로, 오작녀는 그 가슴을 열어줄 수 없었던 것이다. 이 헌신적 사랑은 마침내 농민 대회에서 박훈을 보호하기 위하여, 많은 사람 앞에서 서슴없이 "우리는 부부가 됐어요"라는 발설을 하게 한다. 거기에 자신의 체면이나 안위에 대한 염려는 조금도 없다. 이렇게 본다면, 이 작가는 이들 두 남녀의 사랑 이야기를 통해서 변동하는 새 사회의 내막을 절실하게 드러내고 있다.

더 나아가 그 시대상이 이들의 사랑을 한층 더 절실하게 하는 짜임새 있는 구성기법을 사용한 것이다. 이 두 줄기의 조화로운 결합이 이 소설을 1950년대 우리 문학의 대표적인 작품으로 밀어 올리는 힘이었다 할 수 있겠다. 소설의 결말로 보자면, 이 이야기는 아직 다하지 못한 전개를 남겨놓고 있어서 그 속편이 씌어졌음직도 하다. 그런데 그 속편이란 바로 다름 아닌, 분단 시대를 살아가는 우리의 구체적 삶에 해당한다. 단절과 대립의 역사, 고난과 통한의 분단사를 꾸려가고 있는 동시대 우리 민족 구성원이 모두 '카인의 후예'라는 호칭으로부터 자유스러울 수 없는 형편에 있다.

3-4. 소설의 조직성과 해체의 구조
- 본격적인 장편소설들의 세계

황순원 장편소설과 작중인물들의 성격

문학작품 속에서 다양한 계기들의 짜임을 이끌고 나가는 작가의 주제 의식이 보편적이며 구체적인 실체로 형상화될 때 우리는 작중인물(character)과 만나게 된다. 작가는 인물의 행동과 심리를 통하여 '사회학자나 관념론자들이 그들의 체계에서 배제하는 구체적 개인의 모습'을 독자에게 제시한다. 이때의 인물은 '일정한 수준과 질서와 계급체계, 특히 이런 것들을 보장해 줄 고유한 이상과 가치관을 가지고 어느 특정한 사회를 반영'한다.

인물 설정에 객관적 타당성과 필연성이 결여되어 있으면 이 명제를 충족시킬 수 없다. 근대소설의 특징 중 하나는 이야기의 진행(plot)보다 인물의 성격을 뚜렷이 부각하려는 데 있으며 사건, 행동, 배경마저 이 인물 부각의 보조 역할에 머무를 수 있다. 미술에 비유한다면 화가가 색채의 기본

구조나 묘화16에 숙달하는 것이 작가가 인물 구성의 관습적 도구를 사용하는 것과 꼭 같은 가치를 갖는다.

물론 근대소설에 의식의 흐름이란 기법이 도입되면서, 메어리 메카디가 말한 바와 같이 "작중인물에 대한 의식은 D.H.로오렌스와 더불어 사라지기 시작했다"는 극단적인 견해가 없는 것은 아니다. 처음부터 장르 개념에 대해 회의적인 입장을 취하는 러시아의 형식주의자들이나 프랑스의 구조주의자들의 태도도 이와 크게 다르지 않다. 그러나 우리가 소설 장르의 개념을 승인하고 전형적인 소설 작품을 대상으로 했을 때 '헤겔의 세계사적 개인, 루카치의 문제적 개인, 지라르의 우상숭배적 개인'과 같은 작중인물을 통해 언어라는 질료로써 소설이 구축하는 성채의 견고함을 무너뜨릴 수 없다.

대다수 작품에서 작중인물은 인간의 내면세계와 전체적 형상, 그 소설의 특성을 규정짓는 통일된 속성으로 남아 있으며, 인물 분석을 통해 우리는 작품을 정확하게 이해하고 향수(享受)할 수 있다. 그것은 작품의 내부에서 인물의 유기

---

16 묘화(描畵): 그림을 그림.

적 관련에 의해 드러나는 구조적 특성을 파악하며 작가의 인생관과 세계관 또는 그 사회의 성향과 시대정신을 밝히는 작업이 될 것이다. 여기에서는 인물 분석에 관한 이론의 창을 통해 작품을 보려는 것이 아니라 작품 속에 자생하고 있는 인물들의 성격유형 분석을 통해 이를 논리적 근거와 결부시키면서 작품구조와 주제의 해명에 이르려 하며, 황순원의 『일월』과 『움직이는 성』을 주된 대상으로 한다.

이 두 작품을 택한 이유는 그들이 각각 작가의 기량이 원숙하던 1960년대와 1970년대에 창작된 대표적 장편소설이며, 구성 기법에 있어서 두 작품 사이에서 특이한 변화를 보여주고 있고 주제에 있어서도 인간 존재에 대한 원숙한 성찰을 보여주고 있기 때문이다. 따라서 작중인물과의 상관관계를 통해 작품을 해명하며, 황순원의 작가적 특질을 밝히는 데 적합하다고 할 수 있다. 그리하여 이미 한국문학사의 흐름 속에 확고한 자기 세계를 확보하고 있는 작가 황순원의 소설에 대해 하나의 정리된 시각을 설정하며, 그의 소설 세계 저변을 흐르고 있는 본질적인 단자들의 정체를 밝히는 것이 여기에서의 중심 과제이다.

인물 구성과 지향점의 확산

『일월』의 중심인물 인철은 백정의 후예이며 이에 대한 그의 인식이 비극적 반응 양상을 부여하는 계기가 된다. 이 고독한 개성적 인물은 질긴 인습의 굴레를 체험하면서 적극적인 문제 해결의 의욕보다 소극적인 회의와 갈등의 내면을 보여준다. 이러한 그의 성격은 소설적 필연성에 입각해 있다. 적어도 그는 다른 가족들과는 달리 이 생득적 숙명에 관해 아버지처럼 숨기거나 형처럼 회피하거나 백부처럼 체념하지 않고 정면으로 마주 선다.

이 대립은 존재 자아의 진실한 모습에 대한 질문이며, 그 대답으로 사촌형 기룡의 흥미로운 삶이 제시된다. 그것은 존재론적 고독의 무게가 그것을 수락하고 감당해 나갈 때 해소될 수 있다는 일깨움이다. 거칠게 말하면 인철과 기룡이라는 이 두 인물만으로도 소설의 긴장과 줄다리기의 구조가 유지되지만, 그들의 성격은 보다 먼저 태어난 황순원 소설의 인물들처럼 여전히 소극적이다.

이러한 소극성은 그의 소설에 등장하는 남성들이 거의 공통적으로 갖는 속성이다. 『움직이는 성』의 농학기사 준태는 현실의 어디에도 안주하고 싶은 의욕이 없고 인간관계를 불신하는 허무주의자다. 그가 고구마나 감자처럼 대지에 뿌리내리는 식물의 생태를 연구하는 직업을 가졌음은 인물과 환경의 가역반응을 염두에 둔 면밀한 안배인 듯하다. 교회의 명분주의와 율법주의에 반대하면서 가난한 사람들과 함께 사는 전직 목사 성호는 금욕적 이상주의자지만, 그 기독교적 사랑의 실천에 설득력을 부여받기 위한, 금지된 사랑을 한 불행한 과거에 얽매여 있다. 준태와 성호의 친구인 민속학자 민구는 유랑민의 표본처럼 상황에 따라 삶의 지표를 유동시키는 현실주의자이며 참된 삶의 의미를 따라가려는 의지와는 큰 거리를 가지고 있다.

이와 같은 소극적 인물들이 자율적인 움직임에 의해 사건 전개나 반전을 가져오기는 어려운 일이며 따라서 그들의 내면적 성격과 주변 상황의 부딪침에 따른 반응에 의해 소설의 추진력이 획득되고 있다. 실제로 황순원에 있어 사랑의 진실 같은 것도 '순간적인 감정의 정직성'에서 발견되는 것이지 '이성적 논리관'에 입각한 것이 아니다. 화풍으로 말하자면 19세기 말 시냑(signac)을 비롯한 프랑스 점묘파 화가들의 채색 점과 같이 각기 강조된 부분의 조합을 통해 전체를 형성한다. 그러므로 한 주인공의 내면 심상이 도도한 사상적 흐름을 이루면서 전개되는 작품은 이 작가의 세계에서 만나기 힘들다.

황순원 소설의 남성상이 정적인 소극성에 머무르고 있지만 여성상은 다르다. 그 서로 다른 점은 『일월』의 다혜와 나미를 대비시킴으로써 잘 관찰될 수 있다. 다혜는 전통적이며 모성적인 여인이며, '곱단이나 순이나 오작녀 같은 토속적 여인을 현대적 의장으로 치장'해 놓았을 뿐, 심층적 의식 세계는 큰 차이가 없다. 반면에 나미는 현대적 도시적 세련미를 가진 여성이며, 이 작가의 작품에 자주 등장하는 에피소드나 상징적 알레고리와 같은 지적 조작에 의해 형상화된 인물이다. 다혜에게는 공동체적 사회의 윤리적 척도가, 나미에게는 자신의 이성적 판단과 의지력이 더 소중하다.

이 작가가 계속해서 장편소설을 써 오면서 더 이상 오작녀와 같은 전통적 전형적 인물에만 의존할 수 없었다면 나미의 출현은 예정되어진 것이다. 우리는 『일월』에서 한국의 전통적 여인상과 현대적 여인상이 한 남성의 성격에 접촉하는 대칭적 방식을 발견할 수 있지만, 더 중요한 것은 그 이후 소설의 여인에게서 다혜의 속성이 축소되고 나미의 속성이 강화되어 나타난다는 사실이다. 『움직이는 성』의 지연, 창애, 『신들의 주사위』의 세미가 바로 그들이다.

이러한 현상은 황순원의 보수적 세계관이 일정한 변화를 보여주고 있음을 뜻하는데, 그 면모는 곧 그의 연륜과 그가 살아온 시대의 행적을 말하는 것일 터이다.

황순원 소설의 인물 분석을 통해 드러나는 또 한 가지 중요한 특징은, 인물 속성의 지향점이 변화한다는 사실이다. 초기의 작품에서 보이던 신변적 취향의 인물들이 전란을 소재로 한 작품에 이르러 사회적 맥락 속의 인물로, 다시 『일월』이후에는 인간의 운명과 존재에 대한 철학적 사고를 유발하는 인물로 변신하고 있다. 이는 "아름다움으로 묘사된 삶의 순간이나 사물의 상태가 초기의 단편들에서는 소멸의 미학을 지니고 있었다면, 최근의 그것은 생성과 유대의 미학을 내보이고 있다"는 김치수의 지적과도 관련되어 있다.

황순원은 인물 설정에 있어 전형적 인물과 개성적 인물, 평면적 인물과 입체적 인물을 효과 있게 병렬시키고 있으며, 그 형상화 과정에서도 행동 및 사건 전개에 호소력을 갖는 극적 방법과 심리적 동향을 부각하는 분석적 방법을 적절하게 혼용하고 있다. 그런데 『신들의 주사위』에 이르면 평면적 인물과 입체적 인물의 역할에 대한 혼란의 징후가 엿보인다. 한 작품 속에서 성격이 변화하지 않는 인물과 변화, 발전하는 인물의 구분이 모호해지고 주변 인물들이 고착되어 있기를 거부한다. 한 소읍을 근거지로 살아가는 여러 사람에게 비슷한 비중이 주어져서 마치 그 소읍 전체가 동시적으로 움직이는 듯한 감을 준다.

그러면서 각기의 분절적 움직임들이 '가족 문제, 농촌문제, 공해 문제, 통치 문제 등으로 확대'되고 있으며 새로운 문물의 유입과 함께 한 지역사회가 변동해가는 내면의 실상을 보여주고 있다. 이와 같은 인물 설정 기법의 확산은 작품구조 및 주제의 확산과 함께 이루어지며, 작품의 중심 과제를 종합적으로 투시하려는 원숙한 시선에서 기인하는 것으로 보인다. 그것은 한국 소설사에서 황순원의 작품이 이루어놓은 간척지이자 그 지평의 가장 전방 지점일 것이다. 『신들의 주사위』 이후 그가 세상사를 원숙한 시각으로 축약하는 시들을 창작하여 다시 시인으로 돌아가고 있음은 바로 그것을 말해주는 듯하다.

해체의 작품구조와 질서 의식

교과서적 미학 이론가로서 하르트만은 극 예술에 있어서 행동 통일을 위해 동작·표정·말투의 통일, 성격의 통일, 인간 운명의 통일이 필요하다는 다원적 통일성의 이론을 체계화했다. 소설의 구조적 통일성을 획득하는 데 가장 핵심이 되는 것은 인물의 행동이며, 그러할 때 그것은 비록 가공의 것이더라도 현실 가운데서 충분히 있을 수 있는 일이어야 할 것이다.『일월』에서 부친과 형, 백부는 과거의 인습적 성격을, 기룡은 미래지향적 성격을 대변하면서 상대적 구도를 이루고 있다. 또한 다혜는 전통적 서정적 성격을, 나미는 현대적 지적 성격을 대변하면서 역시 상대적인 구조를 이루고 있다.

이 두 상대적인 구조가 교차하면서 이야기가 진행되고 있으며 그 이중구조의 교차 중심에 인철이 겪고 있는 갈등의 내면이 소설적 필연성으로 자리 잡고 있다. 인습의 굴레와 부딪칠 때 가족·친척들이 보여주는 반응의 양상은 작품의 주제를 표출하는 데 관련되어 있으며, 이성 간의 접촉방식이 드러내는 탄력적인 삼각구도는 다혜를 통해 인철의 고뇌를 부축해 주고 나미를 통해 이를 진전시키는 작품구조의 조건이 된다. 이처럼 『일월』은 주인공 인철을 중심으로 직조물의 씨줄과 날줄처럼 주제표출과 구성기법의 복합 구조로 짜여 있다. 그 교차 지점에서 인철은 소설의 통일성과 조직성을 더하게 하는 구심점이 되고 있다.

그러나 『일월』과 그 이전의 작품들을 보던 시선으로 『움직이는 성』을 볼 때, 우리는 이 작가의 구성기법으로부터 어떤 특이한 변화를 감각 할 수 있다. 그것은 일관성 있게 이야기를 진행하는 집합적 구조에서 다양한 사건들을 얼기설기하게 풀어나가는 해체적 구조로 변화해 가는 조짐이다. 이 작품에 빈번히 등장하는 에피소드들, 예거하자면 연하의 남성이 가진 고통을 잠재울 줄 아는 창녀나 무속 세계와 관계된 짧은 이야기들이나 지적 조작을 통한 꿈과 같은 것은 모두 개인적인 차원의 것이다.

작물의 품종개량, 매사냥, 개의 습성 등에 관한 서술·묘사도 일견 개별적인 삽화에 불과한 듯이 보인다. 그러나 이것들이 한국인 의식 세계의 내면 풍경으로 확대되고 우리 사회의 속성을 대변하는 범례가 되고 있음을 주목할 필요가 있다. 면밀히 관찰해보면 이 작은 단락들이 전체적인 작품구조 속에서 흥미로운 정보를 제공하기도 하지만, 소설의 흐름을 부드럽게 하는 윤활유이자 빈틈없는 조직성을 부여하는 안전판으로 역할을 하고 있음을 알 수 있다.

　인물들의 행동과 사건 역시 그러하다. 『일월』에서 인철을 중심으로 통일되어 있던 것이 『움직이는 성』에 이르면 준태, 성호, 민구 등 등장인물들의 개성적 성격과 행동이 산발적으로 나타나면서 작품의 주제를 부각하는 데 다각적으로 접근하고 있다. 마치 "진리는 하나이지만 네카의 입방체처럼 다방면에서의 관찰이 가능하다"는 기하학의 원리와도 유사하다. 이 개인적이고 개별적인 단락들의 관계가 함께 엮어지면서 소설이라는 조직체를 이루는 것은, 그 배면에서 유기적 통합을 감리하는 작가의 구성력을 인식하게 한다.

　이와 같은 사실은 이 작가의 다음 장편 『신들의 주사위』를 읽어보면 더욱 확연하게 드러난다. 창작 방법의 이러한 변화는 '근대사의 흐름과 함께 한 사회의 무질서 속에서 작가 자신이 어떤 질서를 발견할 수 있었기 때문'에 가능한 것인지도 모른다. 아도르노가 『미학이론』에서 "구성의 원칙 가운데 각 계기들을 주어진 단일체 속에 끌어들여 해체하는 경우에도 매끄럽게 만드는 요인, 조화를 강조하는 측면이 나타난다"고 하고 '다양한 것들을 종합하는 것이 구성'이라고 한 것은 황순원 소설의 확산구조와 그 유기적 결합의 질서를 논리적으로 강화해 준다.

　작품구조에 관한 작가의 질서 의식은 소설에 조직성을 부여할 뿐만 아니라, 어느 정도 무리를 무릅쓰고 말하자면 그처럼 질서 있는 시각으로 세계를 볼 때 주제적인 측면에서 『움직이는 성』의 '창조주의 눈'과 같은 향일성17의 미래를 예시하게 된다고 보인다. 황순원이 후기의 장편으로 오면서 작품구조의 확산을 시도하고 있으면서도 마치 소설의 조직성이란 문제에 대해 답안을 제시하듯이 정교한 이음매로 이루어진 구조를 유지하고 있음은 결코 우연한 일이 아니다.

　그러한 구조적 확산을 가져온 작가의 내면 의식을 추단하기는 용이한 일이 아니지만, 아마도 작품의 주제가 철학적 사고를 동반하는 것으로 되면서 여러 측면에서 종합적으로 고찰하려는 의도가 숨어 있으리라 여겨진다. 그리고 『일월』에 있어서 백정에 관한 지식, 『움직이는 성』에 나오는 무속과 농학에 관한 지식들이 단순한 현학 취미의 나열이 아니라 작품의 주제와 긴밀한 상징적 연결을 이루고 있

---

17 향일성(向日性): 식물의 줄기나 잎 따위가 햇볕이 강한 쪽을 향하여 자라는 성질.

다는 점도 지적할 필요가 있다. 이는 역사적 과학적 학술 자료들이 어떻게 정서적 예술 감각의 여과를 거쳐 작품구조 속으로 편입되도록 할 수 있느냐에 대한 좋은 보기가 될 수 있을 것이다.

인간의 존엄성과 철학적 성찰

한 작품 속에 집적되어 있는 여러 의미 가운데서 뜻의 요약과 뜻풀이를 위하여 하나의 주제를 추출하는 것은 절대적 가치가 없는 일인지도 모른다. 뿐만 아니라 경우에 따라서는 의식의 흐름이란 기술 방법에 의해 씌어진 일부의 소설들처럼 주제를 확인하는 일 자체가 무의미하게 될 수도 있을 것이다. 그러나 전형적인 창작법과 사실적인 표현 방법에 따라 제작된 소설에 있어서는 주제의 확인과 그에 이르는 과정이 작품의 가치를 판단하는 좋은 자료가 된다. 물론 황순원은 후자에 해당하는 작가다.

근대사의 격동기를 거쳐 오면서 생산된 우리 문학에는 패배와 반항의 군상으로 그려진 많은 지식인을 볼 수 있다. 특히 전후 1950년대 작가들의 작품은 대다수가 그러하다. 문학은 '사회제도의 하나이며 그 매개 수단으로서는 사회가 만든 언어를 사용'하고 있기 때문이다. 이 논의를 더 확실히 하기 위하여 『나무들 비탈에 서다』와 『움직이는 성』의 인물들을 대비시켜 보는 것이 유익하다. 앞서 문학적 연대기에서 살펴본 바와 같이 『나무들 비탈에 서다』의 현태, 동호, 윤구는 『움직이는 성』의 준태, 성호, 민구와 포괄적인 의미에서 각기 동류항으로 묶을 수 있다. 이들 중 엄밀한 의미에서 성공했다고 할 수 있는 사람은 아무도 없다.

허무주의자의 패배는 당연한 것이다. 현태는 극심한 자학에, 준태는 결국 죽음에 이른다. 이상주의자로서의 동호는 전란의 격랑 속에서 동정을 버리고 자살밖에 택할 길이 없으며, 성호는 내면적 인격의 건실함을 잃지 않지만 사회적 의미의 성공을 거두지 못한다. 현실주의자로서의 윤구와 민구의 삶은 속물적인 것으로의 전락이며 정신적인 패배자의 모습이다. 왜 이들이 모두 패배의 수렁으로 떨어져야 하는가를 밝히는 일은 곧 작품의 주제를 설명히는 것으로 되는데, 『나무들 비탈에 서다』에서는 전란이 초래한 한국사회의 윤리적 위기를 다루고 있으며『움직이는 성』에서는 한국인의 근원 심성을 유랑민 근성이라는 비판적인 측면에서 보고 있기 때문이다.

그렇다면 뒤이어 독자는 작가가 이들의 패배를 당연한 것으로 생각하고 이에 동의하고 있는가를 질문하게 된다. 그렇지는 않다. 그는 '인간을 아름답고 순수한 어떤 것으로 믿는 경향'을 지니고 있으며 그 때문에 문학사에서도 그를 낭만적 휴머니스트로 기록하고 있다. 주어진 운명이나 참기 어려운 상황에 대해 작가가 향일 작업의 반응검사로 내세우는 것은 그것을 수락하고 감당하는 삶의 자세이며, 그것은 주로 작품의 말미에서 나타난다.『나무들 비탈에 서다』에서 동호의 애인 숙이 현태의 아이를 낳아 기르겠다고 결심하는 것은, 전쟁의 상처를 '마지막까지 감당하기 위해서'이다.

『일월』에서 기룡이 보여주는 현실 초월적 태도는 천생의 숙명과 가열한 고독감에 대한 수락과 감당을 의미한다.『움직이는 성』의 성호와 지연도 불행한 사람들의 생애가 남기고 간 아이들을 거두어 기르면서 사랑의 실천에 동역자가 되며, 남은 사람들의 진행 방향을 가리키는 전조등으로서 '창조주의 눈'이란 함축적인 알레고리가 제시되고 있다. 이러한 사실들이 그가 인간의 정신적 아름다움과 존엄성에 대한 깊은 신뢰를 포기하지 않는 증거가 될 것이다. 그런데 그러한 인간애 또는 인간중심주의가 그냥 얻어진 것일 리 없다. 황순원이 작품 활동의 후반기로 오면서 인간의 존재에 대한 철학적 성찰에 깊이 있게 접근하고 있었고 그러한 노력이 수준 있는 성과를 거두었기에 가능했을 것이다.

『일월』에서는 숙명적인 출생의 고통에 대한 성찰에서부터 존재론적 고독의 문제에 대한 천착으로 주의 깊게 주제를 발전시켜 나가고 있다. 마지막 장면에서 인철이 '머리에서 고깔모자를 벗어 뜰에 서 있는 한 나뭇가지에 거는' 행위는, 오랜 방황 끝에 과거의 인습적 굴레와 함께 존재론적 고독의 사슬에서 벗어날 수 있을 것임을 암시한다. 『움직이는 성』에서는 한국인의 근원 심성, 그 기층적 기질과 기독교 신앙의 갈등과 같은 철학적 종교적 사고를 유발하는 문제가 다루어지고 있다. 이러한 경향은 단편집 『탈』과 장편 『신들의 주사위』에도 그대로 이어진다.

이와 같은 우리 삶의 현장에 대한 관조적인 시각은 황순원이 이룩하고 있는 소설 세계의 의미심장한 깊이와 관련되어 있으며, 그 바닥을 두드려보는 일이 곧 황순원 문학의 본질을 밝히는 것이 된다고 보인다. 소설은 전지적 설명이 없이도 인물의 형상화를 통해 인간의 존재 양식에 대한 통찰력 있는 천착을 가능하게 할 수 있다. 황순원의 장편들이 이를 잘 증명해 주고 있다. 철학으로 존재론을 설명하자면, 작가와 독자 사이에 전문지식이 공유가 있어야 하고 관념적인 용어를 사용하지 않을 수 없는데 비해, 소설은 이를 직관적이면서도 구체적으로 보여줄 수 있다. 이는 소설 문학의 특성이자 강점이다. 하르트만이 '사실주의는 예술의 건전한 경향'이라고 한 것도 이와 같은 맥락 속에 있다.

장편소설의 변화과정과 그 의미

지금까지 우리는 황순원의 소설작법이 후기의 장편으로 오면서 전반적으로 확산되는 경향을 보이고 있음을 확인할 수 있었다. 근대사의 격동기를 수용하기 위하여 단편에서 장편으로 소설 양식을 변화시켰듯이 그 내부에서도 작품의 중심 과제를 복합적으로 투시하기 위한 확대 변화를 시도한 것이다. 이와 같은 확산의 진행은 『신들의 주사위』에서 어떤 한계를 내보이게 되는데, 그것은 '한 작가의 작품세계가 하나의 완결된 형태를 취하려 할 때 열린 상태로 남아있기를 거부하기 때문'일 것이다. 창작활동의 마지막 단계에서 발표된 황순원의 함축적인 단편들이나 시로의 회귀는, 그가 온 생애를 통해 가꾸어놓은 문학의 질량을 명징하게 축약하고 집적하는 작업으로 이해할 수 있을 것이다.

황순원 소설의 인물들이 소극적, 회의적이라는 앞서의 지적과 관련하여 여기서 두 가지 물음을 제기해 볼 수 있다. 하나는 『일월』에서 백정의 후손이라는 사실이 상당한 신분 상승을 이루고 있는 인철의 집안에 그처럼 큰 정신적 타격을 줄 수 있을까 하는 문제인데, 소설의 배경을 이루고 있는 시대적 조건이 천민 출신에 대한 신분 차별이 그토록

혹심한 형태로 나타날 만큼 문제적이냐 하는 점이다. 다른 하나는 『움직이는 성』에서 유랑민 근성에 대한 준태의 신랄한 비판과 그의 파멸만큼 그것이 그렇게 위태로운 것인가 하는 문제이다.

만약 황순원 소설의 주인공들이 보다 적극적이고 능동적인 성격으로 나타났다면, 이 작품들의 전개는 달라졌을 가능성이 있으며, 우리 민족의 인습과 근성에 대한 문제가 좀 더 포괄적으로 다루어졌을지도 모르는 일이다. 이는 수동적 성격의 인물이 형성하고 있는 작품 내부의 세계가 이미 어떤 제한 속에 있는 것은 아닐까 하는 의문을 동반한다. 그 문장의 단단함과 함께 잊혀 가는 우리말을 찾아내어 유효적절하게 사용하고 있는 이 작가는 한국문학의 언어적 지평을 넓히는 데도 기여하고 있는데 그것은 새삼스러운 일이 아니다.

김현이 언급했듯이 1942년 이후 일본 식민통치자들은 한글의 사용을 금지했으며 한국 작가들은 침묵을 지키거나 식민 통치에 동조하거나 양자택일을 해야 했다. 불행하게도 그들 중 많은 이들이 후자를 택했으며, 드물기는 하지만 황순원과 몇몇 작가들은 침묵을 지키는 편을 택하였고 읽히지도 출간되지도 않는 작품을 은밀하게 쓰면서 모국어를 지켰다. 『일월』과 『움직이는 성』은 제목 설정에도 하나의 모범이 된다. 『일월』은 '해와 달이 영원히 함께 할 수 없음을 통해 어떤 근원적 괴리감을 표상'하는 것으로 보이며 『움직이는 성』은 '한국인의 기층적 심성으로서의 유랑민 근성을 상징'할 것이다.

작중인물의 성격 분석을 통해 한 작가의 작품세계에 접근하려는 이와 같은 독서 방법은 자칫 사회학적 요건이나 주변 여건에 소홀할 수 있겠지만, 작품 창작의 역순으로 작가의 의도와 사상을 천착해 본다는 의미에서 가장 확실한 작품해명의 방법일 수도 있을 것이다. 어느 작가를 막론하고 인물의 설정 없이 이야기 전개를 구상할 수 없을 것이며, 그 인물의 성격을 구명하는 작업은 곧 작가의 내부로 되짚어 들어가는 소설적 통로가 될 수 있을 것이기 때문이다.

황순원의 시와 초기 단편들, 그리고 순서가 앞선 장편들조차도 기실 우리가 두 발을 두고 있는 구체적 삶의 현장에 과감히 뛰어든 문학이 아니다. 그러나 소재적 측면에서 초기 이후의 단편, 그리고 단편에서 장편으로 넘어오면서 황순원의 작품에는 한국 현대사의 가장 큰 격동의 사건인 6·25동란이 배경으로 등장한다. 인생의 여러 면모를 전면적으로 추구하는 데 적합한 장편소설의 양식을 통하여 전란의 와중과 전후에 펼쳐진 좌절 및 질곡을 표현하고자 했을 것임은 앞서 살펴본 바와 같다.

1930년 열여섯에 시를 쓰기 시작하여 1992년 일흔여덟까지 작품을 쓴 황순원은, 결국 그 작품들로 인하여 문학세계와 작가로서의 지위를 인정받았다. 비록 험난한 질곡을 헤치고 지나온 생애요 문학이지만, 그 경과와 결과를 세심하게 들여다보면 그는 한 시대의 작가로서 많은 것을 누린 측면이 없지 않았다. 이는 또한 그를 한국 현대문학에 있어서 온갖 시대사의 격랑을 넘어 순수문학을 지켜온 거목으로, 그리고 작가의 인품이 작품에 투영되어 문학적 수준을 제고(提高)하는 데까지 이른 작가 정신의 사표로 불리게 하였다.

4. 황순원 소설의 기독교 사상

황순원은 기독교인이었다. 그는 1915년 평안남도 대동군 출생이며, 예로부터 초기의 기독교 교세가 강한 지역이었다. 그러나 장년에 이르기까지 그가 기독교 신앙을 현저히 표출하거나 교계에서 역할을 한 사실은 없는 듯하다. 다만 백년해로한 그 부인 양정길 여사의 신앙은 매우 뜨거워서, 일생을 두고 신앙인의 본분을 지키며 살았고 이러한 측면은 황순원의 삶과 문학에 큰 영향을 미친 것으로 짐작된다. 양 여사는 여의도순복음교회에서 권사회장과 여신도회장 등의 직분을 역임했다. 팔순 노령에 이르렀을 때 두 분 부부의 신앙은 깊은 차원으로 진입하여, 양 여사는 늘 "선생님은 이제 가셔도 이미 천국을 소유하셨다"고 말하곤 했다.

황순원 소설 가운데 기독교 신앙의 본질을 탐색한 작품이 『움직이는 성』이다. 그의 『움직이는 성』은 기독교적 사랑의 소재를 한국인의 근원 심성 속에서 찾아내기 위한 하나의 시도를 보여주고 있다. 작가는 이 소설 전반을 통하여 한국인에게 '유랑민 근성'이라는 치유 불능의 속성이 내재

되어 있음을 끊임없이 환기한다. 작가의 유랑민 근성에 대한 탐색은 준태, 성호, 민구 등 세 남자 주인공의 사고와 대화와 행위를 통해 드러나며 이 세 사람의 성격이 각기 하나의 유형을 대표하도록 지연, 창애, 은희 등 여성 등장인물의 성격을 대비시키고 있다.

농학 기사인 준태는 허무주의자다. 현실의 어디에도 뿌리내리고 싶은 의욕이 없고 인간관계에 대한 불신감과 혐오감으로 가득한 인물이다. 기독교적 사랑의 실천을 통해 인간 존재의 진정한 의미를 찾으려는 성호는 금욕적 이상주의자다. 그는 금지된 사랑을 한 죄로 목사직에서 쫓겨난 이후 고구마 장사를 하면서 겸손하고 소박하게 가난한 사람들 속에 산다. 교회의 명분주의와 율법주의의 권위에 반발하면서 제도보다 사람이 우선임을 말 없는 행동으로 증명한다. 불행한 사랑의 과거가, 그에게 진실한 기독교적 삶의 실행을 천직으로 받아들이도록 마련되어 있다.

준태와 성호의 친구인 민속학자 민구는, 유랑민 근성의 표본과도 같이 필요에 따라 삶의 방식을 유동시키는 현실주의자다. 이들의 관계를 통해서 작가가 말하는 유랑민 근성은 곧 한국인의 근원 심성이다. 한반도라는 정착지에서 반만년의 역사를 갖고 있으면서 문화민족으로 자처하고 있는 한국인의 심성 속에 근원적으로 유랑민 근성이 내재 되어 있다는 신랄한 지적은, 대개 그것 자체로서만이 아니라 종교적 신앙 문제와 결부되어 나타난다. 작가는 서로 다른 이 두 속성을 정교하게 대비한다.

『움직이는 성』에서 유랑민 근성에 바탕을 두고 예거되는 기독교의 기복적 편의주의적 신앙은, 작가에 의하면 결국 '약자의 신앙'에 해당한다. 신앙이 온전한 삶의 지표가 아니라 성실하지 못한 위안의 도구가 될 때, 그것이 건강한 정신적 가치를 약속할 수 없다는 인식이다. 기독교의 기본 정신을 이해하기 위해서는 기독교의 역사와 관련된 서구의 정신사를 숙지해야 한다. 해탈에 이른 구도자는 누구나 입신의 경이로움을 체득한다고 믿는 보편적 신관, 범신론적 종교관에 익숙한 동양사상과 기독교는 기본 발상에서부터 서로 배타적이다.

그러기에 황순원이 이 소설에서 제기하고 있는바, 수천 년을 지속해 온 우리 민족의 기층적 기질이 기독교 신앙과 혼류 될 때 빚어지는 갈등과 이단화는 문명비평학적 견지에서도 납득할 만하다. 성호의 눈에 비친 변질된 기독교는 '반 발짝 내디디면 기독교, 반 발짝 들이디디면 샤머니즘'인 불안정한 모습이며, 준태는 그 현상을 '우리 민족성에 그러한 것이 번질 수 있는 소지가 충분히 마련되어 있다는 증좌'로 받아들인다. 이 소설의 세 중심인물은 그렇게 각기의 역할과 소임을 다한다.

앞서 언급한 바 있지만, 주어진 운명이나 참기 어려운 상황에 대해 그가 향일 작업의 반응검사로 내세우는 것은 그것을 수락하고 감당하는 삶의 자세다. 성호를 통해 이것이 의식적인 차원으로 치환될 때, 작가는 이를 '창조주의 눈'이라는 알레고리적 표현으로 확장해 나간다. 성호는 마침내 이를 기독교적 정의와 사랑이라고 믿으며, 지연과 함께 그 사랑의 실천에 동참하게 된다. 그러할 때 황순원은 인간의 존귀함을 포기하지 않으며 그것을 기독교적 사랑의 논리로 감싼, 우리 문학에 보기 드문 사례를 남긴 작가에 해당한다.

일생을 두고 자신을 기독교인이라는 범주 안에 두고 살았으나, 실제적인 기도와 예배가 일상 속에 부합하기는 황순원의 팔순 이후 일이다. 『신들의 주사위』에서 신의 존재와 신앙의 의미를 탐색하는 문학의 모습을 보여주었다면, 말년의 기독교는 하루하루 그의 삶을 움직이는 지침이었다. 그러기에 그가 특별한 형식, 곧 짧고 함축적인 산문 문장으로 쓴 『말과 삶과 자유』에는, 곳곳에 매우 상징적인 신앙 고백들이 숨어 있다. 그리고 그는 86세가 되던 2000년, 기도로 잠이 들고 그 꿈길을 따라 그대로 천국으로 옮겨갔다. 한 작가에 있어서 기독교적 믿음의 인식과 실천이 얼마나 정갈하고 아름다울 수 있는가를 증명한 작가, 그가 황순원이다.

5. 스마트소설의 원초적 궤적 「탈」

5-1. 왜 지금 여기서 스마트소설인가

스마트소설은 '스마트'라는 표제어를 '소설' 앞에 덧붙임으로써 그 장르의 성격과 의미를 규정한다. 소설은 근대사회의 발현과 서민 의식의 성장에 발맞추어 등장한 창작 유형이며, 오늘에 이르러 문학 전반을 대표하는 산문 형식으로 자리를 잡고 있다. 비유와 상징의 기법으로 축약해서 발화하는 시보다, 이야기를 통해 풀어서 서술하는 소설이 더 강한 영향력을 발휘하는 시대다. 한국문학의 현장에 있어 이 수용력의 도식은 적어도 20세기 말까지 큰 변동이 없는 외형을 유지해 왔다. 그런데 21세기로 들어서서 20년이 지난 지금, 상황과 형편이 많이 달라졌다. 스마트소설은 이렇게 달라진 문학의 지형도와 밀접한 관련이 있다.

우선 삶의 환경과 그 형상이 활자매체 문자문화의 시대

에서 전자매체 영상문화의 시대로 현격하게 전화18되었다. 과거처럼 의미 깊고 난해한 문자 시 또는 무거운 담화를 규범에 맞도록 전개하는 소설이 더 이상 독자의 기호를 강렬하게 자극하지 못하는 지점에 도달한 것이다. 물론 창작심리를 도외시하고 수용미학적 판단만 앞세우는 것은 그다지 바람직하지 않다. 하지만 문예 창작이 발원한 이래 독자 없는 문학이 값이 있다는 논리는 어디에서도 찾아보기 어렵다. 독자의 외면은 곧 창작의 위축을 뜻하고 이는 더 나아가 한 시대나 사회의 문예활동이 제 몫을 감당하지 못한다는 결론을 불러올 수밖에 없는 것이다. 아무리 몇 걸음 물러서서 말한다고 해도 이처럼 냉정한 논의를 외면할 길은 없다.

거기에다 창작 주체의 심리적 동향 또한 변화의 굴곡을 보이게 되었다. 진중한 예술론과 운명론적인 창작지향점에 문학의 운명을 걸기보다는, 창작의 현실이 보다 즐겁고 일상의 삶에 유익한 것이기를 추구하는 현실이 눈앞에 있다. 이른바 '생활 문학'의 대두가 하나의 시대정신(Zeitgeist)을

---

18 전화(轉化): 무엇의 성질이나 내용이 바뀌어 다른 실체로 됨.

형성하는 현상을 목도하게 된 터이다. 이는 어쩌면 한 번 경험한 뒤에는 내다 버리기 어려운 '마약 효과' 같은 것이 될지도 모른다. 작가가 편안하게 향유 하면서 독자들과도 그렇게 소통하기를 원하는 글쓰기, 소설 쓰기의 새로운 형상이 곧 스마트소설이란 이름으로 얼굴을 나타내게 된 것이다. 이 새로운 문예 장르의 출현 정황이 그러한 배경과 경과 과정을 갖고 있는 것은 앞으로도 스마트소설이 흥왕하고 또 확산되어 자기 길을 열어가게 되리라는 예단을 불러온다.

5-2. 황순원의 「탈」이 보인 '스마트'성

　지금까지 살펴본 스마트소설이 21세기 들어 어느 순간 하늘에서 떨어진 것이 아니다. 오랜 문학사의 흐름 속에서 그와 유사한 창작 패턴이 존재했던 것이고, 그것이 21세기 동시대의 문화 예술적 특성에 조응하여 하나의 진전된 형태를 얻게 된 셈이다. 이는 한국 또는 세계문학의 소설사 가운데서 여실히 확인된다. 스마트소설과 연관된, 문학사적 친족관계를 형성하는 작품들을 쉽사리 목도할 수 있다는 데서 이를 확증할 수 있다. 그리하여 이를 두고 스마트소설의 '원초적 궤적'이라 호명할 수 있는 것이다. 여기에서는 일차적으로 황순원의 「탈」에서 그 면모를 살펴보기로 한다.

　다리에 총탄을 맞고 쓰러졌던 몸을 일으키려는데 대검이 가슴을 와 찔렀다. 의식을 잃는 순간 일병의 눈동자에 상대방 얼굴이 타듯이 찍혔다. 일병의 가슴에서 흐른 피가 황토 땅에 스며들었다. 고향을 멀리 한, 그러면서도 자기 동네 근처 비슷한 어느 야산 기슭이었다.

　피는 잦아들어 흙이 되었다. 처음에는 주위의 다른 흙빛보다 진했으나 차츰 한 빛깔이 되어갔다. 흙은 곧 목숨이라고 여기며 살아 온 농군 출신의 일병이었다. 한 억새 뿌리가 슬금슬금 일병의 목숨의 진을 빨아올려 갔다. 일병은 억새가 되었다.

어지러운 군화가 억새를 밟고 이리저리 지나갔다. 겨울에는 눈 덮인 억새 위를 더 무거운 군화가 짓밟고 지나갔다. 몇 차례나 몇 차례나 짓밟고 지나갔다. 그러나 억새는 죽지 않았다. 군화가 사라진 후, 억새는 봄바람에 불리고, 햇볕에 쬐이고, 비와 이슬에 씻기고, 눈에 덮이고, 다시 봄바람에 불렸다. 늦은 봄 억새는 한 농군의 낫에 베이어 외양간으로 옮겨졌다.

소가 되었다. 황소였다. 전에 일병이 농군이었을 때 그러했듯이 주인농군도 소를 자기 집에서 가장 소중한 식구로 위해 주었다. 주인농군과 함께 부지런히 일을 했다. 멍에 가죽에 혹이 생기도록 일을 했다. 그러나 좀처럼 살림은 펴지지가 않았다. 그해가 그해였다. 홍수가 논밭을 휩쓸고 간 가을 어느 날 밤 주인농군은 일병의 목덜미를 어루만지며 소리죽여 울었다. 그리고 일병은 장터와 기차 화물간과 도수장을 거쳐 시가지 푸줏간에 걸려졌다. 토막이 나 팔렸다. 거기서 알 사람을 하나 만났다. 야산 기슭에서 대검으로 일병의 가슴을 찌른 그 사람이었다. 동냥질을 하고 있었다. 한 식당에서 동냥한 찌꺼기 음식에서 일병의 살점을 먹었다. 일병은 그 사나이 속으로 들어갔다.

사나이는 들고 있던 깡통을 홱 내동댕이치고 기운을 내어 걸었다. 다 해진 작업복을 걸친 채 한쪽 팔이 없는 소매가 헐렁거렸다. 철공장 앞에 이르렀다. 전쟁터에서 한쪽 팔을 잃기 전까지 자기가 선반공으로 일하던 곳이었다. 거침없이 공장 안으로 들어섰다. 예전의 그 공장장이 있었다.

"안녕하세요?"

공장장은 달갑잖은 표정이 역력했다. 물고 있던 담배를 구두 끝으로 뭉갰다.

"공장장님, 기분 나빠하실 것 없습니다. 오늘은 제가 뭐 떼를 쓰러 온 게 아니니까요. 아시겠어요? 예전처럼 다시 일하러 온 겁니다."

공장장은 이쪽의 팔 없는 헐렁한 소매에 찜찜한 시선을 던졌다.

"뭘 보시는 거죠?" 사나이는 공장장을 정시하며 말을 이었다. "다리 하나 총탄에 맞아 못 쓴다구 선반 깎는 일 못할 것 없잖아요?"

몸을 움직여 가며 말하는 사나이의 한쪽 팔 없는 소매가 그냥 대롱대롱 흔들리고 있었다.

- 황순원, 「탈」 전문

이 작품 「탈」이 수록되어 있는 소설집 『탈』은, 1965년에서 1975年까지 11년간에 걸쳐 창작된 21편의 단편 모음이다. 그 가운데서 직접적으로 노년이나 죽음의 문제를 다루고 있는 작품이 15편, 소재로써 이러한 요소가 내포된 작품이 5편, 단지 1편 「이날의 지각」만이 이 문제와 거리가 있다. 이와 같은 빈도는 이순의 세계 전망을 드러내기까지 10년여를 일관해 온 이 작가의 관심과 인식이 얼마만한 넓이와 깊이로 여기에 도달해 있는지를 직접적으로 예시하는 언표일 것이다.

그림자를 어둡다고만 생각하는 일면적 사고와 그림자 역시 반사된 광선으로써 빛의 일종이라고 생각하는 다면적 사고 사이에는 상당한 진폭이 있다. 이를 인간의 삶과 죽음에 대한 시각으로 환치해 보면, 죽음을 삶의 끝으로 생각하는 사고와 삶의 한 양식으로 인식하는 사고의 구분에 대응된다. 우리가 삶의 밀도를 세부적으로 이해하고 체험하는 열린 상태의 존재론에 입각해 왔을 때, 죽음이 삶의 물리적 소진이라는 단순한 현상적 파악을 넘어 그 궁극적 의미의 바닥을 두드려볼 수 있을 것이다. 이는 이 시기 황순원의 문학을 판독하는 중요한 독법이기도 하다.

소설집 『탈』의 제목이 된 단편 「탈」은 짧은 2개의 단락으로 되어 있지만, 강한 탄력성을 가진 작품이다. 첫 단락에서 전쟁터에서 죽은 일병의 생명력이 억새, 황소, 일병을 죽인 사나이에게로 이어지는 순환과정을 통해 일병은 자기를 죽인 자와 동화된다. 둘째 단락에서는 비록 전쟁터에서 한쪽 팔을 잃었지만 '기운을 내어 걸을' 수 있는 다리를 가진 사나이가 '다리 하나 총탄에 맞아 못 쓴다고 선반 깎는 일 못 할 것 없잖아요'라는 앞뒤가 맞지 않는 난감한 대사로써 자기가 죽인 일병이 다리에 총탄을 맞았던 사실을 상기시킨다. 이 작품의 탄력성은 몇 개의 장면 제시와 묘사를 통하여 산문적인 서술 없이 작가의 삶 의식 기층에 자리한 보응의 논리가 현현19되는 과정 속에 있다.

우리에게 익숙한 황순원 소설의 사실성을 정면으로 무너뜨리면서 한편으로 당혹스럽기까지 한 이 작품의 이야기 구성은 작가의 정교한 지적 조작 아래에서 강한 상징적 의

---

19 현현(顯現): 명백하게 나타나거나 나타냄.

미를 함축한다. 굳이 종교적 교리로 그 절목을 설명하지 않더라도 이는 확연하게 윤회전생의 인과응보를 말하는데, 원인과 결과가 필연적으로 연관되고 있다고 하는 견해가 인과설이라면 이 작품에서 일병과 일병을 죽인 사나이는 가늘지만 길고 질긴 하나의 연(緣)으로 묶인다. 이 묶임을 통해 우리는 다음과 같은 두 가지의 사실을 알아차리게 된다. 먼저 서로 총검을 겨누었던 일병과 사나이가 인과의 연을 벗어날 수 없을을 통해 이 작가가 이순에 이르러 정리하고 있는 삶의 질서에 관한 것이다.

다음으로는 우리가 누리고 있는 삶의 가시적 한계 그 너머에 적지 않은 용적의 또 다른 진면목이 내재해 있다는 세계 인식의 방법에 관한 것이다. 보응의 논리는 원인과 결과를 상관시키는 냉엄한 이성의 눈길을 동반하는 것인데, 흥미롭게도 그 이성적 관점을 표현하는 방법이 삶의 범주를 벗어난 미분과 순환의 세계에 근거하고 있다. 그것은 분절된 물량적 삶이 아니라 영혼의 교감을 개방해 놓은 정신적인 삶의 모습이다. 죽음이 하나의 종착점으로 끝나지 않고 새로운 차원에서 삶의 의미를 지속시키고 있으며, 이러한 삶과 죽음의 구분을 무화시키는 초월적인 공간이 마련됨으로써 황순원의 죽음 의식은 오히려 삶의 지평을 넓혀주고 있다.

「탈」은 스마트소설이란 개념이나 논리와 전혀 상관이 없는 채로 창작된 짧은 단편이지만, 그 작품 속에는 오늘의 스마트소설이 함축적으로 포괄하고 있는 여러 의미망이 잘 담겨 있다. 우선 이 작품의 분석을 통해 검증해 본 바 소설의 주제에 대한 '혜안과 통찰'이 선명하게 드러나고 '초월적 실험기법'이 효율적으로 적용되고 있으며, 더욱이 스마트한 '압축과 순전'의 의미가 확연하게 수반되어 있다. 이렇게 본다면 「탈」이야말로 40여 년 전에 작성된 스마트소설의 수발(秀拔)한 모범사례라 하지 않을 수 없다. 문학사에서 검색하기로 하면 이러한 수작(秀作)이 한 두 작품에 그칠 리 없다. 그러므로 스마트소설은 불현듯 동시대의 문학에 출현한 창작 형식이 아니라, 연면히 지속된 문학사 속의 한 창작 성향이 시대적 변화 및 요구와 조화롭게 악수한 경우에 해당한다 할 것이다.

문면이 매우 짧지만 거기에 담은 이야기의 파장은 결코 짧지 않다는 뜻이다. 지금까지 문학창작 또는 문학교육의 현장에서는 이와 같은 소설을 손바닥 장(掌)자를 써서 '장편(掌篇小說)'이라는 이름으로 불렀다. 곧 일반적으로 꽁트(Conte)라고 분류되는 소설 형식이다. 소설을 그 분량에 따라 구분할 때 꽁트·단편·중편·장편으로 나눈다. 이 분류법은 작가나 독자를 막론하고 가장 우선적이며 보편적으로 접하는 것이다. 꽁트는 프랑스어로 단편소설이라는 의미이지만, 우리나라에서는 그 개념을 단편과는 엄격히 구별하여 사용해왔다.

대체로 2백자 원고지 20-30매 이내의 분량으로 씌어지며, 분량이 짧은 만큼 그 내용에 있어서는 착상이 기발하고 구성이 압축적일 것이 요구된다. 꽁트는 한 사건의 순간적인 모멘트를 붙잡아 간결하고 예리하게 표현되어야 하며 풍자·위트·유머 등이 나타나야 한다. 날카로운 비판력, 해학적인 필치, 반어적 표현법 등이 수반된다. 아울러 클라이맥스에서의 사건 진전에 예상외의 급박한 전환이 시도됨으로써 독자들의 주의를 강렬하게 환기하는 방식을 취한다.

이에 비해 단편소설은 프랑스어로는 꽁트, 영어로는 short story라 한다. 이는 우선 형식상으로 짧은 소설을 뜻한다. 우리나라의 경우 대개 2백자 원고지 100매 내외의 분량을 가진 소설을 가리킨다. E·A.포우를 비롯하여 A.체홉, C.모파상 등이 세계 3대 단편 작가로 불린다. 이 중 포우는 "단편소설은 적절한 길이로 한번 앉아서 읽어낼 정도의 짧은 것이어야 한다"고 했다. 물론 분량이 짧다고 해서다 단편이 되는 것은 아니다. B.매튜가 말한 바와 같이, 단편소설은 장편에서 결여되기 쉬운 통일성을 가지지 않으면 안 된다. 간결한 문제, 축약된 구성, 통일된 효과 같은 것들이 단편을 단편답게 하는 항목이다.

이와 같은 성격적 특성으로 인하여, 단편을 길게 늘인다고 해서 장편이 될 수 없으며, 반대로 장편의 내용을 축약한다고 해서 단편이 될 수는 없는 것이다. 세미한 기교 보다는 주제와 사상성의 서술에 비중을 두고, 시대와 사회와 인생의 문제를 총체적으로 다루며, 입체적 인물의 변화·발전하는 성격과 복잡하고 다면적인 구성을 활용하는 것 등이 장편소설만이 가지는 특정적 면모라 하겠다. 이는 단편이나 꽁트에서는 찾아볼 수 없는 소설 장르로서의 특성이라 할 수 있다.

그렇게 본다면 장편과 다르고 단편과도 다른 꽁트가 오늘에 이르러 스마트소설의 일반적인 요구 조건들을 거의 충족시키고 있음을 확인할 수 있다. 동시에 지금 이 글에서 살펴보고 있는 스마트소설이 앞서 논의와 마찬가지로 소설 형식의 문학사적 흐름 가운데서 구각20을 벗어던지고 새 옷을 덧입는 모습을 보여주지만, 그 내면에 흐르는 '짧은 소설'로서의 문맥은 해묵은 과거로부터 온 것이라 하겠다.

이제껏 우리가 스마트소설의 유형과 규격으로 제시한 모든 조건이 이 짧은 소설 가운데 잠복해 있기 때문이다. 그러기에 새로운 시대정신을 담아 새 소설 형식을 추동21하는 스마트소설이 굳이 그 지위나 평판을 획득하기 위해 많은 수고를 경주할 필요가 없다. 요는 뛰어난 작품으로써 결과를 보여주면 그만일 터이다.

---

20 구각(舊殼): 시대에 어울리지 않는 낡은 제도나 관습.
21 추동(推動): 어떤 일을 추진하려고 고무하고 격려하는 힘.

Ⅲ. 자료와 연보

1. 황순원 문학의 연구 경향

황순원의 문학에 대한 연구는 1980년 문학과지성사에서 낱권으로 기획한 황순원 전집 열두 권이 5년간에 걸쳐 발간되기 시작하면서 새롭게 조명되고 분석적으로 연구되기 시작했다. 전집의 12권인 『황순원 연구』는 연구 사료의 정리에 좋은 이정표가 되었고, 전집이 완간된 1985년 3월에 상재된 『말과 삶과 自由』도 이 작가의 전기적 일화나 문체 연구를 포함하여 활발한 연구 분위기를 촉발시켰다.

개별 작품들에 대한 소략한 비평이나 부분적 언급이 주류를 이루는 가운데 황순원 소설에 대한 전반적이고 포괄적인 논의로는 천이두, 이보영, 이태동 등의 평론이 주목할 만하다. 천이두는 「종합에의 의지」(《현대문학》, 1973.8)에서 단편이 보여준 토속적 세계와 장편이 보여준 현대적 도회적 세계가 『움직이는 성』에 와서 양립적이며 이율배반적인 대치 국면을 이루고 있다고 보았다. 황순원 문학의 이원적인 세계를 간취[1]하고 있는 이 글은 작품의 구성과 인물 분석을 통해 일원적인 세계로의 종합 가능성을 고찰하고 있다.

이보영의 「황순원의 세계」(《현대문학》, 1970.2-3)는 황순원 문학의 창조적 원동력인 '삶의 환멸과 권태'를 '사물의 이면을 직감하는 회의적인 시선', '세밀하고 냉철한 사물의 관찰 태도' 등의 창작 태도와 관련지어 논의하면서, 구체적인 작품 분석을 작가 의식의 변모 과정에 대한 고찰로 발전시키고 있다. 이태동의 「실존적 현실과 미학적 현현(顯現)」(《현대문학》, 1980.11)은 황순원 문학이 결코 시대적 현실과 유리된 문학이 아니라, 역사적인 배경 속에 자연주의와 리얼리즘을 함축성 있게 수용한 후, 거기에다 낭만주의적이고 초월적인 인간 성신과 인간 가치를 확대시켜 양면성을 가진 실존적 색채의 상징주의 문학을 이룩했다고 보고 있다.

　그 외에, 김병익의 「순수문학과 그 역사성」(《한국문학》, 1976), 김현의 「소박한 수락」(『황순원문학전집』 제6권, 삼중당, 1973), 염무웅의 「8.15 직후의 한국문학」(《창작과 비평》, 1975년 가을호) 등은 황순원 문학이 사회 인식과 역사의식의 산물임을 입증하려고 시도했다. 《작가세계》 1995년 봄호에 마련된 황순원 특집에 실린 김종회의 문학적 연대기

---

1 간취(看取): 속에 담긴 본질이나 내용을 보아서 알아차림.

「문학의 순수성과 완결성, 또는 문학적 삶의 큰 모범」은, 작가의 생애와 작품과의 관계를 전체적으로 조감하고 있는 글이다.

학술논문으로 주목할 만한 것은 박혜경과 장현숙 등의 논문이다. 박혜경의 『황순원 문학 연구』(동국대 박사학위논문, 1995)는 황순원 문학의 지속적 측면과 변화의 측면을 아우르는 포괄적인 논의를 보여준다. 모성성/부성성, 혹은 설화성/근대성이라는 이항 대립적 등식을 지속적 측면으로, 시에서 장편소설에 이르는 장르상의 이행을 변화의 측면으로 보고, 지속과 변화 사이에 내재된 길항2 관계를 의미화하고 있다. 장현숙의 『황순원 문학 연구』(경희대 박사학위논문, 1994)는 주제 의식의 전개 양상과 지향성에 따라 시기별로 황순원의 소설을 정리하고 있다. 소설 전 작품을 빠짐없이 분석하고 있다는 것이 미덕이다.

그 외에 양선규와 허명숙 등의 논문도 있다. 양선규의 『황순원 소설의 분석심리학적 연구』(경북대 박사학위논문, 1992)는 심리적 동기에 입각해 텍스트의 미학적 원리를 밝히고 있

---

2 길항(拮抗): 비슷한 힘으로 서로 버티어 대항함.

고, 허명숙의 『황순원 소설의 이미지 읽기』(월인, 2005)는 이미지의 생성, 변모 과정을 통해 이미지가 내포하는 상징적 의미와 그것의 지향성을 서사적 흐름과 관련지어 분석하고 있다. 황순원 연구에 대한 단행본으로는 김종회가 편한 『황순원-작가론 총서』(새미, 1998)가 주목할 만하다.

이 책에 수록된 작품에 대한 개별적인 작품론으로 주목할 만한 것은 다음과 같다. 『카인의 후예』의 경우는 김인환, 김병익, 조남현 등의 논의가 대표적이다. 김인환의 「인고의 미학」(『황순원전집』 6권, 문학과지성사, 1981)과 「여성주의 소설의 미학」(《작가세계》, 1995년 봄호)은 『카인의 후예』가 광복 전후의 사태를 충실히 그려냄으로써 기존 작품의 개인적 세계와 역사적 국면들이 결합 되는 양상을 지적하고 있다. 또한 '오작녀' 등의 인물을 중심으로 표출되는 황순원 소설의 여성주의를 한국적 심성의 구체적 보편이라 해석했다.

김병익은 「수난기의 결벽주의자」(『황순원문학전집』 제5권, 삼중당, 1973)에서 『카인의 후예』를 논하면서, 문학적 의미뿐 아니라 해방과 더불어 체험하게 되는 정신사적, 사회사적 변화를 읽을 수 있다고 평가했다. 조남현은 「우리 소설의 넓이와 깊이, 황순원의 『카인의 후예』」(《문학정신》,

1989.1.2.)에서 『카인의 후예』의 판본 비교를 통해 작가의 개작 의도를 천착했다. 김종회의 「순수성과 서정성의 문학, 또는 문학적 완전주의」(『문학의 숲과 나무』, 민음사, 2002)는 '격동의 시대와 모성적 사랑의 결합'이라는 관점으로 『카인의 후예』를 점검하고 있다.

『나무들 비탈에 서다』에 대한 단독적 작품론은 많지 않다. 이보영이 도스토옙스키의 『죄와 벌』과의 비교를 통해 권태와 무관심의 징후를 읽어냈으며(「황순원의 세계」), 이태동은 사회적인 리얼리즘과 실존주의적인 인간 의식의 차원에서 소설에 접근하고 있다(「실존적 현실과 미학적 顯現」). 『나무들 비탈에 서다』에 대한 구체적 논의로는 송상일의 「순수와 초월」(『황순원 전집』 7권, 문학과지성사, 1981)이 있다. 그는 전쟁의 현실이 작가로 하여금 인간 존재에 대한 통찰의 성숙을 가능하도록 했다고 보았다.

동시에 그것이 장편 장르의 선택과 필연적으로 관련된다는 점을 지적했다. 윤리의 문제를 사회적 윤리가 아닌 인간 존재의 본성적 문제로 다루려는 점에서 일종의 운명론으로 전락한 위험을 비판하지만, 순수의 양면성에 눈을 돌리고 있다는 점에서 장편적 리얼리즘의 세계로 전망을 넓혀가고 있다고 평가했다. 그 밖에, 조남현의 「우리 소설의 넓이와 깊이, 『나무들 비탈에 서다』, 그 외연과 내포」(《문학정신》, 1989.4.5.)
는 작품에 내포된 상징성을 중심으로 한 연구이다.

단편 「너와 나만의 시간」에 대한 자세한 언급은 거의 찾
아볼 수 없는바, 『황순원전집』 4권(문학과지성사, 1982)에
실린 권영민의 글에서 도움을 받을 수 있다. 권영민은 「일
상적 경험과 소설의 수법-황순원의 단편들」에서 초기 단편
과의 비교를 통해 논의를 전개하고 있다. 초기 단편들이 문
체의 간결성과 감각적 인상으로 시적 서정성을 확보하고 있
다면, 이 시기의 단편들은 일상적인 체험의 영역을 폭넓게
수용하여 현실 세계 쪽으로 시선을 돌리고 있다는 것이다.

또한 전개 방식상, 인상적인 사건의 일면을 제시하면서
서로 다른 에피소드를 결합하는 간접적인 접근법을 활용한
다는 점을 들어 뛰어난 스타일리스트로서 황순원을 평가하
고 있다. 이외에 황순원 소설의 문체에 대한 분석으로 권영
민의 「황순원과 산문 문체의 미학」(『말과 삶과 自由』, 문학과
지성사, 1985)과 우찬제의 「말무늬, 숨결, 글틀」(『황순원』,
새미, 1998)을 참고할 수 있다. 최동호의 「동경의 꿈에서 피
사의 사탑까지」(『말과 삶과 自由』)는 황순원의 시 전반에 대
한 총괄적 이해를 가능하게 하는 글이다.

황순원에 관한 연구서로서 결정판이라 할 수 있는 『황순

원 연구 총서』1-8권이 나온 것은 2013년 7월이다. 황순원학회 편으로 되어 있는 이 연구서는 작가론-총론, 작가론-주제론, 작품론-주제론 1, 작품론-주제론 2, 작품론-구조론 1, 작품론-구조론 2, 작품론-비교론, 시론·단평·기타 등 8개 항목에 8권으로 구성되어 있다. 지금까지 나온 황순원에 관한 주요 연구를 한데 모았다. 다음으로 황순원연구모임에서 엮은 『황순원 연구』는 2017년 역락에서 출간되었다. 모두 700쪽에 달하는 이 책 또한 황순원 연구에 관한 포괄적 분야와 항목을 망라하고 있다.

2009년 경기도 양평에 황순원문학촌 소나기마을이 조성되자 황순원 문학과 소나기마을, 황순원 문학의 문화콘텐츠 등에 대한 연구도 활발하게 이루어지기 시작했다. 대표적인 저서로 김종회가 지은 『황순원 문학과 소나기마을』(작가, 2017)은 '인본주의와 문화콘텐츠의 만남'이란 부제가 붙어있다. 황순원 문학에 관한 이론적이고 학술적인 연구가 이미 완결 단계에 이르러 있으므로, 앞으로 황순원 연구는 아마도 이와 같이 새로운 영역과 결부되어 전개될 가능성이 높을 것으로 사료된다.

2. 황순원 연보

1915(1세)	평안남도 대동군 재경면 빙장리 1175번지에서 출생. 부친 황찬영(黃贊永)과 장찬붕(張贊朋)의 장남으로 태어남. 황순원의 자는 만강(晩岡)으로 부친이 지어주셨다 함. 호는 민향(民鄕)으로, '백성의 고향'을 뜻하며 작가 스스로 지었다 함.
1919(5세)	3·1 기미독립운동 일어남. 평양 숭덕학교 고등과 교사로 재직하던 부친이 태극기와 독립선언서를 평양 시내에 배포, 책임자의 한 명으로 일경에 붙들려 징역 1년 6개월의 실형을 받음. 이 사건은 후 단편 「아버지」(1947.2 창작)의 소재가 됨.
1923(9세)	평양 숭덕소학교 입학.
1929(15세)	3월 숭덕소학교 졸업, 정주 오산중학교 입학. 남강 이승훈 선생과 만남. 9월 건강 때문에 평양 숭실중학교로 전학.

11월 3일 광주학생 항일운동이 일어남.

1930(16세)　동요와 시를 쓰기 시작.

1931(17세)　7월 시「나의 꿈」을 『동광』에 발표.

9월 시「아들아 무서워 말라」를 『동광』에 발표.

12월 시「묵상(默想)」을 발표.

1932(18세)　1월 시「젊은이여」창작.

4월 시「가두(街頭)로 울며 헤매는 자여」창작.

5월 시「넋 잃은 앞가슴을 향하여」가 『동광』 문예특집호에 발표.

7월 시「황해(荒海)를 건너는 사공아」를 『동광』에 발표. 시「잡초」를 창작.

8월 시「팔월의 노래」창작.

10월 시「꺼진 등대」창작.

11월 시「떨어지는 이날의 태양은」창작.

1933(19세)　1월 시「1933년의 수레바퀴」를 창작.

3월 시「석별」창작.

4월 시「강한 여성」을 창작.

5월 시「옛사랑」창작.

6월 시「압록강의 밤」창작.

7월 시 「황혼의 노래」 창작.

10월 시 「우리 안에 든 독수리」 창작.

1934(20세) 3월 숭실중학교 졸업, 일본 동경 와세다 제2고등학원 입학. 동경에서 이해랑·김동원씨 등과 함께 극예술 연구 단체인 '동경학생예술좌'를 창립.

9월 시 「이역에서」 발표.

11월 첫 시집 『방가(放歌)』를 '동경학생예술좌'에서 간행.

12월 시 「밤거리에 나서서」를 『조선중앙일보』에 발표.

1935(21세) 『삼사문학(三四文學)』의 동인이 됨.

1월 2일 시 「새로운 행진」을 『조선중앙일보』에 발표.

1월 17일 양정길(楊正吉; 본관 청주, 1915년 9월 16일생)과 결혼. 당시 양정길은 일본 나고야의 김성여자전문 학생이었음.

1월~8월 시 「귀향의 노래」, 「거지애」, 「새출발」, 「밤차」, 「가로수」, 「굴뚝」, 「고향을 향해」, 「오후의 한 一片」, 「고독」, 「찻속에서」, 「무덤」을 『조선중앙일보』에 발표.

시집 『방가』를 조선총독부의 검열을 피하기 위해 동경에서 간행했다 하여 여름방학 때 귀성했다가 평양 경찰서에 붙들려 들어가 29일간 구류 당함.

10월 15일 시 「개미」를 『조선중앙일보』에 발표. 유치장 생활 이후 서울에서 발행하는 『삼사문학』의 동인이 됨. 1935년 12월에 『삼사문학』 종간.

1936(22세)	『창작』, 『탐구』의 동인이 됨.

제2시집 『골동품』 간행.

3월 와세다 제2고등학교 졸업, 와세다대학 문학부 영문과 입학.

4월 시 「도주」, 「잠」을 『창작』 제2집에 발표.

5월 제2시집 『골동품』을 '동경학생예술좌'에서 간행. '동물초', '식물초', '정물초'로 구성된 이 시집은, 1935년 오월부터 십이월까지 창작한 시들로서, 총 22편이 실림.

7월 시 「칠월의 추억」을 『신동아』에 발표.

1937(23세)	최초의 단편소설 발표.

7월 단편 「거리의 부사(副詞)」를 『창작』 제3집에 발표.

1938(24세)　4월 9일 장남 동규(東奎) 출생.

10월 단편 「돼지계(系)」, 시 「과정」, 「행동」을 『작품』 제1집에 발표.

1939(25세)　3월 와세다 대학 졸업. 단편 「늪」, 「허수아비」, 「배역들」, 「소라」, 「지나가는 비」, 「닭제(祭)」, 「원정(園丁)」, 「피아노가 있는 가을」, 「사마귀」, 「풍속」을 1938년 10월부터 1940년 6월 사이에 창작함.

1940(26세)　단편집 『늪』 간행.

6월 시 「무지개가 있는 소라껍데기가 있는 바다」 「대사(臺詞)」를 『단층』에 발표.

7월 17일 차남 남규(南奎) 출생.

8월 단편집 『늪』(간행시의 표제 『황순원단편집』)을 서울 한성도서에서 간행. 원응서(元應瑞)와 친교 맺음. 원응서는 활자화되지 못하는 작가의 작품을 읽어주고 평해 주었던 유일한 독자였음. 단편 「마지막 잔」에서 드러나고 있음. 단편 「별」(가을. 창작), 단편

「산골아이」(겨울. 창작)

1941(27세)   2월 단편 「별」을 『인문평론』에 발표. 단
               편 「그늘」(여름. 창작).

               12월 8일 태평양 전쟁 발발.

1942(28세)   단편 「저녁놀」(1941. 가을), 「기러기」(1942. 봄),
               「병든 나비」(1942. 봄), 「애」(1942. 여름), 「황노
               인」(1942. 가을), 「머리」(1942. 가을)를 창작.

               3월 단편 「그늘」을 『춘추』에 발표. 「별」과
               「그늘」을 제외하고는 일제의 한글말살정
               책으로 발표기관이 없어지기 시작하여 작
               품을 발표하지 못하고 써둠.

1943(29세)   단편 「세레나데」(1943. 봄), 「노새」(1943. 늦
               봄), 「맹산할메」(1943. 가을), 「물 한 모금」
               (1943. 가을) 창작.

               9월 평양에서 향리인 빙장리로 소개.

               11월 7일 딸 선혜(鮮惠) 출생.

1944(30세)   단편 「독 짓는 늙은이」(1944. 가을), 「눈」
               (1944. 겨울) 창작. 단편집 『기러기』(명세당,
               1951)는 해방 전에 창작된 작가의 두 번째
               단편집임.

1945(31세)   8월 15일 해방.

8월 시 「그날」, 「당신과 나」.

10월 시 「신음소리」.

11월 시 「열매」 「골목」.

단편 「술」(1945.10) 창작. 단편 「술」에는,
해방 직후 평양 서성리를 배경으로, 적산
의 처리문제, 조합의 형성문제, 이데올로
기의 갈등, 조선인과 일본인의 대립감정
들이 포착되고 있음.

1946(32세)   1월 21일, 3남 진규(軫圭) 출생.

「그날」 등 시 5편을 『관서시인집』에 수록.

2월~5월 국어 교원 강사.

5월 지주 계급이었던 황순원은 1946년 이
른 봄부터 이북에서 토지개혁령이 내려지
자 모친, 아내, 동생, 자녀를 데리고 38선
을 넘음.

7월 시 「저녁저자에서」를 『민성』 87호에
발표. 단편 「두꺼비」 창작, 『우리공론』
(1947.4)에 발표.

8월 단편 「집」 창작.

9월 서울중고등학교 교사 취임.

11월 장편 「별과 같이 살다」 창작.

12월 단편 「황소들」 창작.

1947(33세) 1월 단편 「담배 한 대 피울 동안」을 창작,
9월 『신천지』에 발표.

2월 단편 「술」(발표 시의 제목 「술 이야기」)을 『신
천지』에, 단편 「아버지」를 『문학』에 각각
발표.

3월 단편 「목넘이마을의 개」 창작.

11월 「모자」 창작, 『신천지』에 발표(1950.3).

1948(34세) 단편집 『목넘이마을의 개』 간행.

3월 단편 「몰이꾼」 창작.

4월 3일 제주도 4·3사건 발발.

5월 단편 「이리도」 창작, 『백민』에 발표
(1952.2)

8월 단편 「청산가리」 창작.

8월 15일 대한민국 정부 수립.

9월 단편 「여인들」 창작.

12월 해방 후의 단편만을 모은 단편집
『목넘이마을의 개』를 육문사에서 간행.

1949(35세)   2월 단편 「몰이꾼」(발표 시의 제목 「검부러기」)을
『신천지』에 발표.
6월 콩트 「무서운 웃음」(발표 시의 제목 「솔개와
고양이와 매와」)을 『신천치』 5・6월 합병호에
발표.
7월 단편 「산골아이」를 『민성』에 발표.
8월 단편 「맹산할머니」를 『문예』에 발표.
9월 단편 「황노인」을 『신천지』에 발표.
12월 단편 「노새」를 『문예』에 발표.

1950(36세)   1월 난편 「기러기」를 『문예』에 발표.
2월 장편 『별과 같이 살다』를 정음사에서
간행.이 작품은 「암콤」(『백제』, 1947.1), 「곰」
(『협동』, 1947.3), 「곰녀」(『대호』, 1949.7) 등의 제
목으로 산발적으로 분재하다가 그것들이
미발표분과 합쳐져 『별과 같이 살다』의
제목으로 간행됨.
4월 단편 「독 짓는 늙은이」를 『문예』에 발표.
6월 25일 동란 발발. 경기도 광주로 피난.
9월 28일 수복.
10월 「참외」 창작.

12월 「아이들」 창작. 단편 「메리크리스마스」 창작.

1951(37세) 부산 망명문인 시절 김동리, 손소희, 김말봉, 오영진, 허윤석 등과 교유함.

2월 단편 「어둠속에 찍힌 판화」 창작, 『신천지』에 발표.

4월 「목숨」 창작, 『주간문학예술』(1952.5)에 발표.

5월 「곡예사」 창작, 『문예』(1952.1)에 발표.

6월 「골목안 아이」 창작. 황순원은 「암야행로」의 작가 시가 나오야(志賀直哉しがなおや)의 작품을 즐겨 읽음.

8월 해방전의 작품만 모은 단편집 『기러기』를 명세당에서 간행.

10월 단편 「그」 창작.

11월 「자기 확인의 길」을 『작가수업』(수도문화사 刊)에 수록.

1952(38세) 1월 단편 「곡예사」를 『문예』에 발표.

5월 단편 「목숨」을 『주간문학예술』에 발표.

6월 단편집 「곡예사」를 '명세당'에서 간행.

8월 단편 「두메」.

10월 단편 「매」 「소나기」 창작, 『신문학』 제4집(1953.5)에 발표.

11월 단편 「과부」 창작, 『문예』(1953.1)에 발표. 시 「향수」 「제주도 말」 창작, 『조선시집』(1952.12)에 수록.

1953(39세)　1월 단편 「학」 창작, 『신천지』(1953.5)발표.

5월, 단편 「맹아원(盲啞院)에서」 창작.

9월 단편 「사나이」 창작. 장편 『카인의 후예(後裔)』를 『문예』에 제5회까지 연재했으나 동지의 폐간으로 중단. 나머지 부분은 써둠.

10월 단편 「왕모래」 창작. 단편 「산골아이」. 중학교 국어교과서에 수록.

1954(40세)　1월 단편 「왕모래」(발표 시의 제목 「윤삼이」)를 『신천지』에 발표.

2월 단편 「사나이」를 『문학예술』에 발표.

12월 단편 「부끄러움」 창작. 장편 『카인의 후예』를 중앙문화사에서 간행.

1955(41세)　1월부터 장편 『인간접목(人間接木)』(발표 시의 제목 『천사』)을 『새가정』에 1년간 연

재하여 완결. 전쟁고아들의 폐허화된 삶을 보여줌.

3월 장편 『카인의 후예』로 아시아 자유문학상 수상. 서울중고등학교 교사 사임.

4월 단편 「필묵장수」 창작.

8월 「그와 그네」라는 글을 『문학예술』에 발표.

10월 단편 「불가사리」 창작.

11월 단편 「잃어버린 사람들」 창작.

12월 시 「새」 창작.

1956(42세) 1월 시 「나무」를 『새벽』에 발표.

6월 단편 「산」 창작.

9월 단편 「비바리」 창작.

12월 단편집 『학』을 중앙문화사에서 간행.

12월 중편 「내일」 창작.

1957(43세) 2월 중편 「내일」을 『현대문학』에 발표. 단편 「소리」 창작.

3월 경희대 문리대 교수로 취임.

4월 예술원 회원 피선.

10월 장편 『인간접목』을 중앙문화사 간행.

11월 「다시 내일」창작.

1958(44세)   1월 단편 「다시 내일」을 『현대문학』에 발표.

2월 단편 「링반데룽」 창작.

3월 단편집 『잃어버린 사람들』을 중앙문화사에서 간행.

5월 콩트 「이삭주이」(발표 시 제목 「콩트 삼제(三題)」)를 『사상계』에, 단편 「모든 영광은」을 『현대문학』에 각각 발표.

7월 단편 「너와 나만의 시간」을 『현대문학』에 발표.

10월 단편 「한 벤치에서」를 『자유공론』에 발표.

11월 단편 「안개구름 끼다」 창작.

12월 단편 「과부」 영화화됨.

1959(45세)   1월 단편 「안개 구름끼다」를 『사상계』에 발표. 같은 달에 장편 『별과 같이 살다』, 『카인의 후예』, 『인간접목』, 단편집 『늪』을 『한국문학전집』(민중서관刊) 제22권에 수록.

5월 단편 「소나기」가 영국 Encounter 지에 수상 게재됨.

10월 단편 「할아버지가 있는 데쌍」(발표 시
의 제목 「데쌍」)을 『사상계』에 발표.

1960(46세) 1월 장편 『나무들 비탈에 서다』를 『사상
계』에 연재 시작하여 7월호에 완결.

3월 시 「세레나데」 창작.

4월 시 「세레나데」를 『한국시집』에 수록.

4월 19일 혁명 일어남.

9월 장편 『나무들 비탈에 서다』를 사상계
사에서 간행.

12월 콩트 「손톱에 쓰다」(발표 시의 제목 「콩트
이제(二題)」)를 『예술원보』 제5집에 발표.

1961(47세) 3월 단편 「내 고향 사람들」을 『현대문학』
에 발표. 이 작품은 작가와 자전적 요소
가 많이 드러남.

6월 단편 「가랑비」를 『자유문학』에 발표.

7월 장편 『나무들 비탈에 서다』로 예술원
상 수상.

11월 단편 「송아지」를 『사상계』 문예특집
호에 발표. 단편 「잃어버린 사람들」이
Collected Short Stories from Korea

(국제 P.E.N. 한국본부) 제1권에 수록됨.

1962(48세)　1월부터 장편 『일월』을 『현대문학』 5월호
까지, 제1부 발표.

10월부터 장편 『일월』 제2부를, 『현대문
학』에 다음 해 4월호까지 발표. 단편 「과
부」가 「열녀문」으로 개제되어 재영화화됨.

1963(49세)　7월 「그래도 우리끼리는」를 『사상계』에
발표.

10월 「비늘」을 『현대문학』에 발표. 단편
「학」이 미국 계간지 Prairie Schooner
가을호에 게재됨.

1964(50세)　2월 단편 「달과 발과」를 『현대문학』에 발표.

5월 『너와 나만의 시간』을 정음사에서 간행.

8월부터 장편 『일월(日月)』 제3부를 『현대
문학』에 연재하여 다음 해 1월호에 완결.

12월 『황순원전집』 전 6권을 창우사에서
간행.

1965(51세)　1월 장편 『일월』 완결.

4월 단편 「소리그림자」를 『사상계』에 발표.

6월 단편 「온기 있는 파편」을 『신동아』에

발표. 단편 「너와 나만의 시간」이 Korea
Journal에 게재됨.

7월 단편 「어머니가 있는 유월의 대화」를 『현
대문학』에 발표.

11월 단편 「아내의 눈길」(발표 시의 제목 「메마른
것들」)이 『사상계』에 발표.

12월 단편 「조그만 섬마을에서」가 『예술원
보』 제9집에 발표.

1966(52세)   1월 「원색오뚜기」 창작, 『현대문학』에 발표.

3월 장편 『일월』로 3·1문화상 수상.

6월 단편 「수컷 퇴화설」을 『문학』에 발표. 단
편 「원색오뚜기」가 Korea Journal에 게재됨.

8월 단편 「자연」을 『현대문학』에 발표.

11월 단편 「닥터 장의 경우」를 『신동아』
에 발표.

11월 단편 「우산을 접으며」를 11월 『문학』
에 발표. 단편 「잃어버린 사람들」, 「소나기」,
「왕모래」가 Die Bunten Schuche(Horst
Erdmann Verlag 사)에 수록됨.

1967(53세)   1월 단편 「피」를 『현대문학』에 발표.

8월 「겨울 개나리」를 『현대문학』에 발표. 단편 「차라리 내목을」『신동아』에 발표. 단편 「잃어 버린 사람들」과 장편 『일월』이 영화화됨.

1968(54세) 1월 단편 「막은 내렸는데」가 『현대문학』에 발표. 같은 달에 단편 「가랑비」가 Korea Journal에 게재됨.

5월부터 장편 『움직이는 성』을 『현대문학』에 연재 시작,

10월호까지 제1부 발표. 장편 『나무들 비탈에 서다』, 『카인의 후예』 영화화됨.

1969(55세) 5월 『황순원대표작선집』 전 6권을 조광출판사에서 간행.

7월부터 장편 『움직이는 성』 제2부 1회분을 『현대문학』에 발표.

12월 7일, 콩트 「무서운 웃음」이 Korea Times에 게재됨.

1970(56세) 5월부터 장편 『움직이는 성』 제2부 2회분을 『현대문학』에 발표. 같은 달에 단편 「너와 나만의 시간」이 필리핀 Solidarity 지에 게재됨. 6월, 단편 「학」이 Modern

Korean Short Stories and plays.(국제
펜클럽 한국본부 간)에 수록됨.

1971(57세)　　3월부터 장편 『움직이는 성』 제2부 4회
분을 『현대문학』에 발표.

9월 16일 콩트 「탈」을 『조선일보』에 발표.

9월 20일 남북 적십자 첫 예비회담. '외솔
회' 이사에 피촉.

1972(58세)　　장편 『움직이는 성』 완결.

2월 단편 「산골아이」 중의 「도토리」가 Korea
Journal에 게재됨.

4월부터 장편 『움직이는 성』 제3부와 제4부
를 『현대문학』 10월호까지 연재하여 완결.

7월 4일 남북 공동성명 발표.

8월 단편 「목숨」이 Korea Journal에 게
재됨.

1973(59세)　　5월 장편 『움직이는 성』을 삼중당에서 간행.

6월 단편 「학」이 Ten Korean Short
Stories(Korean Studies Institute 간)에 수록됨.

10월 장편 『일월』이 『현대한국문학선집』
(일본 다수사(多樹社) 간) 제1권에 수록됨.

11월 5일 친구 원응서 별세.

12월 단편 「황노인」과 단편 「곡예사」가 Revue de CORÉE 겨울호에 게재됨. 『황순원문학전집』 전 7권을 삼중당에서 간행.

1974(60세) 3월 시 「동화」, 「초상화」, 「헌가(獻歌)」를 『현대문학』에 발표.

3월 24일 단편 「별」이 Korea Times에 게재됨.

7월 단편 「숫자풀이」가 『문학사상』에 발표.

8월 단편 「비바리」가 「갈매기의 꿈」이라는 제목으로 영화화됨. 10월, 단편 「마지막 잔」이 『현대문학』에 발표. 12월, 시 「공(空)에의 의미」를 『현대문학』에 발표. 단편 「너와 나만의 시간」이 Postwar Korean Short Stories(서울대학 출판부刊)에 수록됨. 단편 「학」과 「소나기」가 Flowers of Fire: Twentieth Century Korean Stories(Hawaii대학 출판부 간)에 수록됨.

1975(61세) 4월 단편 「이날의 지각」을 『문학사상』에 발표.

6월 29일 단편 「뿌리」를 『주간조선』에 발표.
10월 단편 「주검의 장소」 창작, 『문학과 지성』
겨울호에 발표. 11월 1일, 단편 「독 짓는
늙은이」가 Korea Times에 게재됨. 장편
『카인의 후예』가 The Cry of the
Cuckoo(Pan Korea Book Corporation 간)라는 표
제로 간행됨.

1976(62세)   3월 단편집 『탈』을 문학과지성사에서 간
행. 같은 달 「나무와 돌, 그리고」를 『현대
문학』에 발표.
10월 단편 「달과 발과」가 Korea Journal
에 게재됨.11월 7일, 단편 「이날의 지각」
이 Korea Times에 게재.

1977(63세)   3월 시 「돌」, 「늙는다는 것」, 「고열로 앓
으며」, 「겨울 풍경」을 『한국문학』에 발
표. 4월, 시 「전쟁」, 「링컨이 숨진 집을
나와」, 「위치」, 「숙제」를 『현대문학』에
발표.9월, 단편 「그물을 거둔 자리」를
『창작과 비평』 가을호에 발표.

1978(64세)   2월 장편 「신들의 주사위」를 『문학과지성』 봄

호에 연재 시작.

1979(65세) 5월 시 「모란 I · II」를 『한국문학』에 발표.

1980(66세) 1월 장편 『나무들 비탈에 서다』가 Trees on the Cliff(미국 Larchwood 사간)라는 표제로 간행됨.

5월 18일 광주민중항쟁 발발.

8월 23년 6개월 봉직한 경희대학교에서 정년퇴직하고, 명예교수로 재직6월, 시 「꽃」을 『한국문학』에 발표.

9월 단편 「풍속」, 「소라」, 「닭제」, 「별」, 「황노인」, 「독 짓는 늙은이」, 「소나기」, 「학」, 「왕모래」, 「비바리」, 「송아지」, 「숫자풀이」, The Stars(영국 Heinemann 홍콩 지사간)라는 표제로 간행됨.장편 『신들의 주사위』가 『문학과 지성』의 폐간으로 가을호부터 연재 중단됨.

12월 『황순원전집』 제1권 『늪/기러기』, 제9권 『움직이는 성』이 간행됨.

1981(67세) 5월 『황순원전집』 제2권 『목넘이마을의 개/곡예사』, 제6권 『별과 같이 살다/카인

의 후예』가 간행됨.

8월 장편 『신들의 주사위』를 『문학사상』
에 처음부터 다시 연재하여 다음 해 5월
호에 끝냄.

12월 『황순원전집』 제3권 『학/잃어버린
사람들』, 제7권 『인간접목/나무들 비탈
에 서다』가 간행됨.

1982(68세) 8월 『황순원전집』 제4권 『너와 나만의 시간
/내일』, 제10권 『신들의 주사위』가 간행됨.

1983(69세) 3월 시 「낭만적」, 「관계」, 「메모」를 『현대
문학』에 발표. 7월, 『황순원전집』 제8권
『일월』이 간행됨. 12월, 장편 『신들의 주사
위』로 대한민국 문학상 본상 수상.

1984(70세) 1월 단편 「그림자풀이」를 『현대문학』에 발표.
3월 시 「우리들의 세월」을 『월간조선』에 발표.
3월 25일 시 「도박」을 한국일보에 발표.
3월 26일 작가 고희 맞음.
4월 『황순원전집』 제5권 『탈/기타』가 간행됨.
7월 시 「밀어」, 「한 풍경」, 「고백」을 『현대
문학』에 발표.

10월 시 「기운다는 것」을 『문학사상』에 발표.

12월 단상 「말과 삶과 자유」 씀.

1985(71세)　3월 『황순원전집』 제11권 『시선집』, 제12권 『황순원 연구』가 간행됨. 같은 달에 「말과 삶과 자유」를 『말과 삶과 자유』(문학과 지성사)에 수록.

9월 단편 「나의 죽부인전」이 『한국문학』에 발표. 단편 「땅울림」 창작, 『세계의 문학』 겨울호에 발표.

1986(72세)　5월 「말과 삶과 자유·Ⅱ」를 『현대문학』에 발표

9월 「말과 삶과 자유 ·Ⅲ」를 『현대문학』에 발표.

12월 『말과 삶과 자유·Ⅳ』를 씀, 『현대문학』(1987.1)에 발표. 자살에 대한 비판, 예수의 자유정신과 이를 부정하는 대심문관인 추가경의 이야기 등에 언급함.

1987(73세)　박종철군 고문치사 사건. 6·29 민주화 선언.

5월 「말과 삶과 자유·Ⅴ」를 『현대문학』에

발표. 작가로서의 자세, 자유정신, 고문에
대한 비판, 악마와의 대화에 대해 씀.

1988(74세) 3월 「말과 삶과 자유·Ⅵ」를 『현대문학』
에 발표. '한글 맞춤법 및 표준어 규
정'(1987)에 대한 비판과 우려, 애주가로서
의 변, 도스토예프스키의 인간에 대한 신
뢰 및 그리스도에 대한 애정, 작품을 쓰
는 이유에 대해 언급.

1990(76세) 8월 15일 선친께서 건국훈장 애족장을 추
서 받음.11월, 장편 『일월』이 Sunlight,
Moonlight(Sisayoungosa)라는 표제로서 간행
됨. 황순원 문학연구에 대한 학위논문 나오
기 시작함. 이월영, 「꿈소재 서사문학의 사상
적 유형 연구」, 전북대학교 박사논문, 1990.

1991(77세) 양선규, 「황순원 소설의 분석심리학적 연구」,
경북대학교 대학원 박사논문, 1991.12.

1992(78세) 9월 시 「산책길에서·1」, 「산책길에서·2」,
「죽음에 대하여」, 「미열이 있는 날 밤」, 「밤
늦어」, 「기쁨은 그냥」, 「숫돌」, 「무서운 아
이」를 『현대문학』에 발표.

1994(80세)	박양호, 「황순원 문학연구」, 전북대학교 대학원 박사논문, 1994.2.장현숙, 「황순원 소설연구」, 경희대학교 대학원 박사논문, 1994.8.장현숙, 『황순원 문학 연구』(1994.9. 시와시학사), 황순원 문학에 대한 최초의 저서.
1995(81세)	외출 거의 하지 않고 사당동 자택에서 작고할 때까지 지냄.
2000(86세)	9월 14일 서울 사당동 자택에서 별세. 9월 18일 장지 충남 천원군 병천면 풍산공원 묘원에 안장됨.
2003(사후 3년)	황순원 기념 사업회 발족.
2009(사후 9년)	6월 13일 경기도 양평에 황순원문학촌 소나기마을 개장.
2014(사후 12년)	9월 황순원기념사업회 주관으로 소나기마을문학상과 황순원연구상 제정. 12월 17일 황순원학회 창립.
2014(사후 14년)	9월 5일 황순원 선생 사모님 양정길 여사 작고. 9월 5일 14주기 추모식 거행. 12월 학술지 『황순원연구』 창간.

3. 평전 황순원 해설

순수성과 완결성의 미학, 그 소설적 발현

오랫동안 글을 써온 작가라고 해서 반드시 훌륭한 작품을 남기는 것은 아니다. 그러나 작품의 제작에 지속적 시간이 공여된 문학은 그렇지 않은 경우에 비추어 더 넓고 깊은 세계를 이룰 가능성을 갖고 있다. 해방 70여 년을 넘긴 우리 문단에 명멸한 많은 작가가 있었지만, 평생을 문학과 함께 해왔고 그 결과로 노년에 이른 원숙한 세계관을 작품으로 형상화한, 유다른 성취를 이룬 작가는 그리 많지 않았다.

황순원이 우리에게 소중한 작가인 것은 시대적 난류 속에서 흔들림 없이 온전한 문학의 자리를 지키면서 일정한 수준 이상의 순수한 문학성을 가꾸어왔고, 그러한 세월의 경과 또는 중량이 작품 속에서 느껴지고 있다는 점과 긴밀한 상관이 있다. 장편소설로 만조(滿潮)를 이룬 황순원의 문학을 거슬러 올라가 보면, 시에서 출발하여 단편소설의 세계를 거쳐 온 확대 변화의 과정을 볼 수 있다. 그의 소설

가운데 움직이고 있는 인물들이나 구성 기법 및 주제 의식도 작품 활동의 후기로 오면서 점차 다각화, 다변화되는 경향을 보인다.

여러 주인공의 등장, 그물망처럼 얼기설기한 이야기의 진행, 세계를 바라보는 다원적인 시각과 인식 등이 그에 대한 증빙이 될 수 있겠다. 그러나 그 다각화는 견고한 조직성을 동반하고 있으며, 작품 내부의 여러 요소가 직조물의 정교한 이음매처럼 짜여서 한 편의 소설을 생산하는 데 이른다.

이러한 창작 방법의 변화는 한 단면으로 전체의 면모를 제시하는 제유법적 기교로부터 전면적인 작품의 의미망을 통하여 삶의 진실을 부각하는, 총체적 안목에 도달하는 과정을 드러낸다. 단편 문학에서 장편 문학을 향하여 나아가는 이러한 독특한 경향이 한 사람의 작가에게서 순차적으로 진행되고 있음은 보기 드문 경우이며, 그 시간상의 전말(顚末)이 한국 현대문학사와 함께했음을 감안할 때 우리는 황순원 소설 미학을 통해 우리 문학이 마련하고 있는 하나의 독창적 성과를 확인할 수 있는 것이다.

황순원의 첫 작품집에 해당하는 시집 『방가』와 뒤이은 시집 『골동품』에 나타난 시적 정서는 초기 단편에 그대로 이어져서, 신변 소재를 중심으로 하는 주정적(主情的) 세계를 보여준다. 이 시기의 작품들은 삶의 현장과 직접적으로 관련되어 있지 않은데, 이는 아마도 '암흑기의 현실적인 제약과 타협하지도 맞서지도 않았기 때문'일 것이다. 상실과 말소의 시대를 지나온 이러한 자리 지킴은 그에게 후일의 문학적 성숙을 예비하는 서장으로 남아 있다.

『곡예사』와 『학』 등의 단편집을 거쳐 『카인의 후예』나 『나무들 비탈에 서다』와 같은 장편소설로 넘어오면서 황순원은 격동의 역사, 곧 6·25동란을 작품의 배경으로 유입한다. 삶의 첨예한 단면을 드러내는 단편과 그 전면적인 추구의 자리에 서는 장편의 양식적 특성을 고려할 때, 그와 같이 굵은 줄거리를 수용할 수 있는 용기(容器)의 교체는 납득할 만한 일이다.

그러면서도 여전히 절제되고 간결한 문장, 서정적 이미지와 지적 세련의 분위기를 유지하고 있는데, 장편소설에서 그것이 가능하고 또 작품의 중심 과제와 무리 없이 조응하고 있다는 데서 작가의 특정한 역량을 짐작할 수 있다. 그는 산문적, 서사적 서술보다 우리의 정서 속에 익숙한 인물이나 사물의 단출한 이미지를 표출함으로써 소설의 정황을 암시적으로 드러내 보인다. 이러한 묘사적 작풍(作風)은 단편의 특징을 장편 속에 접맥시켜 놓고도 서투르지 않게

하고 오히려 단단한 문학적 각질이 되어 작품의 예술성을 보호한다.

　대표적 장편이라 할 수 있는 『일월』과 『움직이는 성』에 이르러 황순원은 인간 존재에 대한 철학적 성찰을 깊이 있게 전개하며, 그 이후의 단편집 『탈』과 장편 『신들의 주사위』에 도달하면 관조적 시선으로 삶의 여러 절목을 조망하면서 그때까지 한국 문학사에서 흔치 않은, 이른바 '노년의 문학'을 가능하게 한다. 천이두는 이를 '단순히 노년기의 작가가 생산했다는 의미가 아니라 노년기의 작가에게서만 느낄 수 있는 독특하고 원숙한 분위기의 문학'이라는 적절한 설명으로 풀이한 바 있다.

　황순원의 작품들은, 소설이 전지적 설명이 없이도 작가에 의해 인격이 부여된 구체적 개인을 통해 말하기, 즉 인물의 형상화를 통해 깊이 있는 감동의 바닥으로 독자를 이끌 수 있음을 잘 보여준다. 그러할 때 그에 의해 제작된 인물들은 따뜻한 감성과 인본주의의 소유자이며 끝까지 인간답기를 포기하지 않는 성격적 특성을 갖고 있다.

　하나의 완결된 자기 세계를 풍성하고 밀도 있게 제작함으로써 깊은 감동을 남기고 있는 황순원의 작품들은, 한국 문학사에 독특하고 돌올(突兀)한 의미의 봉우리를 형성하고 있다. 그것은 또한 현대사의 질곡과 부침(浮沈)을 겪어오는 가운데서도 뿌리 깊은 거목처럼 남아 있는 이 작가에게 우리가 보내는 신뢰의 다른 이름이기도 하다.

1930년 열여섯에 시를 쓰기 시작하여 1992년 일흔여덟까지 작품을 쓴 황순원은, 결국 그 작품들로 인하여 문학세계와 작가로서의 지위를 인정받았다. 비록 험난한 질곡을 헤치고 지나온 생애요 문학이지만, 그 경과와 결과를 세심하게 들여다보면 그는 한 시대의 작가로서 많은 것을 누린 측면이 없지 않았다. 이는 또한 그를 한국 현대문학에 있어서 온갖 시대사의 격랑을 넘어 순수문학을 지켜온 거목으로, 그리고 작가의 인품이 작품에 투영되어 문학적 수준을 제고(提高)하는 데까지 이른 작가 정신의 사표로 불리게 하였다.

2009년 경기도 양평에 황순원문학촌 소나기마을이 조성되자 황순원 문학과 소나기마을, 황순원 문학의 문화콘텐츠 등에 대한 연구도 활발하게 이루어지기 시작했다. 대표적인 저서로 김종회가 지은 『황순원 문학과 소나기마을』(작가, 2017)은 '인본주의와 문화콘텐츠의 만남'이란 부제가 붙어 있다. 황순원 문학에 관한 이론적이고 학술적인 연구가 이미 완결 단계에 이르러 있으므로, 앞으로 황순원 연구는 아마도 이와 같이 새로운 영역과 결부되어 전개될 가능성이 높을 것으로 사료된다.

4. 평전 황순원을 전후한 한국사 연표

1900년 경인선 철도 개통, 만국 우표 연합 가입, 활빈당
활동. 종로에 가로등 설치.

1901년 제주도 대정군에서 이재수의 난 일어남.

1902년 신식 화폐 조례 발표, 간도에 관리 파견.

1903년 서울-개성 철도 착공, 첫 하와이 이민 100명 보냄.

1904년 러일 전쟁 발발, 한국과 일본 간에 한일의정서 맺음.

1905년 미국과 일본 가쓰라-태프트 밀약 체결. 을사늑약
체결. 동학, 천도교로 개칭.

1906년 통감부 설치. 신돌석 의병 봉기.

1907년 국채보상운동, 고종 강제 퇴위, 한국과 일본 간에
한·일 신협약 체결, 군대 해산, 헤이그 특사 파견,
신민회 창립.

1909년 남한 대토벌 작전 전개. 안중근, 이토 히로부미를
사살. 나철, 대종교 창시.

1910년 한일병합조약 체결. 일본의 식민국이 됨.

1911년 105인 사건이 일어남. 신민회 해체.

1912년 토지조사사업 실시(1918년 종료).

1914년 지세령 공포. 박용만, 하와이에서 국민 군단 창설.

1915년 박은식, 『한국통사(韓國痛史)』를 편찬.

1916년 박중빈, 원불교 창시.

1917년 대동단결 선언.

1919년 대한제국 고종황제 사망, 3·1 독립운동, 대한민국
임시정부 수립, 의열단 창단, 기미 독립선언서,
2.8 독립 선언. 의열단 조직.

1920년 김좌진 장군의 청산리 대첩. 조선일보, 동아일보
가 창간됨.

1920년 홍범도가 봉오동 전투에서 일본군을 격퇴, 김좌진
이 청산리 대첩에서 일본군 대파, 간도참변이 일
어남, 훈춘 사건.

1921년 대한독립군단 결성, 자유시 참변이 일어남, 천도
교 소년회 창립, 조선어 연구회 창립.

1922년 방정환, 어린이날 제정.

1923년 간토대지진 조선인학살 사건이 일어남, 관세 철폐,
조선 형평사 창립, 암태도 소작 쟁의, 국민대표회의.

1924년 황해도 재령군 북률 농민항쟁 일어남. 정의부 조
선 청년 총동맹 창립.

1925년 치안유지법 시행, 조선 공산당 결성, 미쓰야 협정.

1926년 대한제국 순종황제 사망, 6·10 만세 운동, 정우회 선언, 조선 민흥회 창립.

1927년 신간회 결성, 근우회 결성, 조선 소년 연합회 조직, 조선 농민 총동맹 결성.

1928년 원산 총파업,

1929년 광주 학생 항일 운동 일어남.

1931년 일제, 만주 침략. 5월 16일 신간회 해소, 조선어학회 창립, 한인 애국단 수립.

1932년 이봉창·윤봉길 의거.

1932년 제주잠녀항쟁 일어남.

1933년 한글맞춤법 통일안 발표.

1935년 민족 혁명당 창당. 조선총독부, 각급 학교에 신사 참배 강요.

1936년 베를린 올림픽에서 손기정, 금메달 수상, 일장기 말살사건 발생.

1937년 종일전쟁 시작. 보천보 전투.

1938년 일제, 학교 교육과정에서 한글 교육 금지. 국가 총동원법 시행, 지원병제 제정.

1939년 국민 징용령 제정.

1940년 창씨개명. 한국광복군이 창설, 한국독립당 설립, 한글신문(동아일보 등) 폐간.

1941년 대한민국 임시정부, 건국 강령 발표 및 대일 선전 포고.

1942년 조선어학회 사건 일어남, 조선 독립 동맹 조직.

1943년 카이로 선언 발표, 학도 지원병제 제정.

1944년 징병제, 여자 정신 근로령 제정.

1945년 8월 15일 일제 패망으로 광복, 군정청 설치.

1946년 남조선국방경비대 창설. 북조선임시인민위원회 창설. 제1차 미소공동위원회 개최. 이승만 정읍 발언.

1947년 북조선인민위원회 창설. 제2차 미소공동위원회 개최. 여운형 피살됨.

1948년 제주 4·3 사건 일어남. 여수·순천 사건 일어남. 남한 총선거. 대한민국 헌법 공포. 대한민국 정부 수립. 조선민주주의인민공화국 정부 수립.

1949년 국회 프락치 사건 일어남.

1950년 한국 전쟁 발발.

1952년 국제구락부 사건 일어남. 부산 정치 파동 일어남.

1953년 휴전 협정 조인.

1954년 사사오입개헌.

1958년 진보당 사건 일어남.

1960년 3·15 부정선거. 4·19 혁명 시작. 이승만 대통령 하야. 대한민국 제2공화국 헌법 공포, 윤보선, 대통령 취임.

1961년 박정희 등, 5·16 군사 쿠데타를 일으켜 정권 장악. 장면내각 총사퇴, 미국, 군사정권 인정. 재향군인회 결성. 일본 독도영유권 주장, 정부 항의 각서 전달.

1962년 최고회의 의장 박정희, 대통령 권한대행. 농촌진흥청 발족. 제2차 통화개혁.

1963년 부산직할시로 승격. 민간인 정치활동 재개 허용. 최고의장 박정희, 연내 민정 이양 발표. 민정당 창당. 민주당 창당. 최고회의의장 박정희 예편, 민주공화당 입당. 제5대 대통령선거, 박정희 당선. 제3공화국 발족, 제5대 대통령 취임, 제6대 국회 개원.

1964년 울산정유공장 준공. 대한민국과 월남 간에 파병 협정 체결.

1965년 정부, 제2차 경제개발 5개년 계획안 수립. 제2한강교(현 양화대교 구교) 개통. 대한민국과 일본 간에 한일기본조약이 조인되어 국교 정상화.

1966년 산림청 발족.

1967년 구로동 수출공업단지 준공. 한국비료 준공.
제6대 대통령선거, 박정희 당선.

1968년 국민교육헌장 선포.

1969년 경인고속도로 개통. 3선 개헌안, 대한민국 국회에
서 날치기 통과

1970년 경부고속도로 개통. 전태일 분신 사건. 남북평화
통일에 관한 8.15선언 발표,

1971년 근대화백서 발표. 서울-부산 자동전화 개통. 제7
대 대통령선거 박정희 당선.

1972년 한미섬유협정 조인. 7·4 남북 공동 성명이 발표.
대한민국 유신헌법이 공포

1973년 한국방송사(KBS) 발족. 1973년 6.23 외교 선언.
상호 내정불간섭 등 7개항 발표.

1974년 서울 지하철 1호선이 개통, 대통령 부인 육영수
피격당해 서거.

1975년 동해고속도로 준공.

1975년 유신헌법 찬반 국민투표 실시, 가결.

1976년 김대중·윤보선·함석헌· 함세웅·정일형 등이 민주구
국선언문 발표. 판문점 도끼 만행사건 발생.

1977년 국내 최초 고리원자력발전소 1호기 점화. 대통령

박정희, 평화통일 위한 3원칙 제시.

1977년 국회, 12해리 영해법 제정. 수출 목표 100억 달러 달성.

1978년 12해리 영해 공표. 박정희, 통일주체국민회의에서 제9대 대통령으로 선출.

1979년 대한민국 대통령 박정희, 미국 대통령 카터와 정상 회담. YH 사건. 부산대 학생들의 시위로 부마 항쟁 시작. 10·26 사건이 일어나 대통령 박정희, 피격당해 서거. 12·12 군사 반란.

1980년 5·18 광주 민주화 운동 일어남. 대한민국 제5공화국 헌법 공포.

1982년 프로야구 첫 경기를 시작함.

1983년 KBS 이산가족 찾기 생방송 시작. 아웅산묘역 폭탄테러사건 일어남.

1984년 교황 요한 바오로 2세 방한. 민주화추진협의회 발족.

1985년 부산 도시철도 1호선 개통.

1987년 박종철, 고문으로 사망. 6월 민주항쟁. 6.29 선언. 대한항공 858편 폭파사건 일어남.

1988년 서울 올림픽 개막.

1989년 대학생 임수경, 방북.

1990년 노태우·김영삼·김종필 3당 합당을 선언하고 민주
　　　　자유당 결성.

1991년 남북한 유엔(UN) 동시 가입. 국제노동기구(ILO) 가입.

1992년 한중수교.

1993년 김영삼, 대통령 취임, 문민정부 출범. 금융실명제 실시.

1994년 성수대교 붕괴.

1995년 삼풍백화점 붕괴사고 일어남.

1997년 북한 노동당 서기 황장엽, 대한민국으로 망명. 대한
　　　　민국 정부, 국제통화기금(IMF)에 구제금융을 요청.

1998년 김대중, 대통령 취임, 국민의 정부 출범. 금강산
　　　　관광 시작.

1999년 제1연평해전이 일어남.

2000년 6·15 남북 공동 선언 발표.